在最好的情況下

朱嘉漢

獻給駱

目次

（代序）

在最好的情況下

1.

在最好的情況下，我可以成為一個 essai 作家。

這句話原先是否定，是排除，是一種判決，斷定我的無能。這句話最初出現在博士論文指導老師給我的最後一封信，上頭寫著「（在最好的情況下）你會是個 essai 作家，像中世紀的蒙田那種風格，但不會是個學院裡的研究者」。

也許指導老師尚有溝通或勸誘之意，但我當時做了決定，將此視作一種命運，告別了五年的博士生涯。也同時接受了，以功利主義的觀點而言，留學法國這八年，結果上我是失敗了。

這挫敗的情境，或多或少化作了日後出版的第一本小說《禮物》的四位主角開始進行小說創作的條件。然而並不是指，因為挫敗，所以投入寫作。

但，可能更重要的（比寫出這第一本小說重要？是的），是對於過往我喜歡的一些作家，漫長而挫敗的堅持下，所寫的破碎、不成系統、難以理解卻有所堅持的作品，有了更切身的理解。

這理解的前後差異在於，經過了這樣的放逐，而且注定是永恆的逐出（我已經自認不可能重拾學術，就算有機會，也不是年輕時所期待的正軌前行了），我的閱讀，無論是公開發表的文字談論，或是在腦海中的私密回應，已然失去後盾。因為我再也不歸屬於哪個學門，即便我對於其中某些觀念、理論，曾經是那麼熟悉。即使有心仍然辨得到，可是那頓失所依的感受如此深切，使得我不得不承認：往後，不論變成怎樣的人，成得了小說家與否，能否有個空間能談論我所喜歡的作品或思想，我都得靠著自己，不被一套既定的知識系統守護，且也不必然要捍衛哪種知識傳統。如此，先逐出再以另一種形式包含，先斷裂再以另一種形式接續，先破碎再以另一種方式逐漸完整。我似乎對於這些作家的書寫狀態，有種不言自明的理解了。

這樣的理解未必正確，未必深刻，也未必能服人，不過總算，透過這種方式，迂迴又迂迴地，最後與這些作家的心靈直接接壤。

滲入了我孕育寫作的土壤裡。

2.

幾年下來，有了些機會寫一些，或談論一些文學，漸漸的，在某個點上，發現自己與 essai 的關係有了改變。

原先是我被逐出一個學門（甚至學院）的理由，後來則發現是 essai 帶我走到更遠的地方。至少，所謂的遠，是相較之前對於知識的想像。不見得是關於任何關於真，或關於深的問題，而是對於知識，或至少對於我思考文學，走到了我過往劃出的界線以外。

另一方面是靠近、貼近：我的寫作與思考，與一些伴我已久的 essai 作家交織在一起，不再僅是引用他們，談論他們，詮釋他們或是用他們詮釋其他事物。而是在寫作當中，成為彼此的回聲。

在那個點上，我發現，而且必然是徒然地發現，我不僅是談論 essai，借用或運用這個文類的精神，而是我已經在寫 essai 了。

或稍微武斷來說，我可能確實早已是個 essai 作家。因此，毋需他人認可，我已經在最好的情況下，成為一名 essayiste。

有趣的是，這發現的經過，本身就體現了這個文類的精神。這個一直存在，重新以不同的寫作者生命演繹的文類，在漫長的文學史上（以蒙田開創為始），甚少有理論上的定義。因為，它確實毋需定義，亦缺乏方法結構，它幾乎什麼都可以，但有足夠的默契被辨認出來，亦能夠彼此辨認。少數有理論定義的盧卡奇[1]，認為 essayiste 總是將個人生命史的眼光，投注在具體的事實上。於是一位 essayiste 就「不是無中生有出新的事物，而是在某個時刻，生命沉浸於此，給予既有的事物重新組構。」

盧卡奇所謂的「生命沉浸的某個時刻」，對我而言，就是那個最好的情況。不是突然變成 essayiste，也不是突然掌握了寫 essai 的技巧或風格。這本身就與我的生命，尤其投注在文學裡的時光有關，只是在那個點上，我透過重新認識，而成為一個 essayiste。

3.

到底，essai 仍然關乎形式，尤其於我而言，更關乎風格。既是風格，那必然是形成的，而非設計的或依循的。即使經歷起擬仿，或是形塑，那僅僅是探索的過程，最終，總會長成屬於自身的樣貌。

因為，唯一真正的擬仿物，是自己的生命，自身的信仰與思索。而真正的形塑者，是時間。

依然是盧卡奇說的：「essai 的形式，誕生於對於生活的象徵的象徵性地凝視。」

所以，如此弔詭又理所當然，essai 的形式在於與寫作者自身生命的相互凝視。重要的是，能看見當中的象徵，要看出象徵，又得具備象徵性是看待事物的能力。這樣的眼光，已經在轉化與重新創造了。

像一個孤獨緩慢自轉的行星，像個永遠大病初癒而感到生命新鮮之人，像個學會如何迷路之人，像個一面做著白日夢的散步者，像一個竭盡全力當一名廢物之人。

關於我的文學，若曾有過什麼較為深刻或獨特的思考，有什麼敝帚自珍的作品寫出（無論有無發表），那都是我後知後覺才明白，這一切乃誕生於我被逐出的一刻。甚至不只一次，我連能否繼續當個文學讀者都沒自信。被迫也好，自願也罷，逐出或斷裂是獨立個體的宿命，有時差異僅在於對於共同體的想像方式。至少有一種想像，是放棄簡單的共同規則、疆界，而奮力出走，走到另一個更遠

---

1 喬治．盧卡奇（Georg Lukács），出生於匈牙利的猶太籍理論家。對馬克思主義的闡釋方向影響後世深遠。

文學方面，《小說理論》以豐富的哲思與文明史考察小說。

此處引述文句與觀念，則出自於一九一〇年〈Essai 的性質與形式〉。如同題目，對於 essai 的書寫性質，與其彰顯的形式，亦有獨特的觀點，是此文類發展幾世紀以來，難得的理論化定義作品。

的邊界，到了自己無法想像的邊界之外。歧異於集體，歧異於時代，歧異於習慣，歧異於他人，也歧異於自己。然後，也許就在某個最好的情況下，回過頭擁抱整體，亦被整體擁抱。

為了理解我自身的命運，至少寫作的命運（我對此深信不疑）走向這條路，是出發點也是折返點。在此，我暫時確立原則：唯一有意義的出發是為了將來的折返，而折返的最終目的是為了將來的再出發。

於是出發，於是回返，我不僅是 essai 作家，連 essai 與作家兩個名詞也毋需刻意堅持。因為清楚明白地，我在寫作，在最好的情況下。

瘟疫時期我們不停說故事

1.

瘟疫不可理喻，於是我們試圖理解，去理解世界如此不可理解，理解我們的理解如此有限，理解無論理解與否仍於事無補，也理解一切的理解不過是人類的獨語。理解人類一直在這世間獨語，直到最後一刻方歇。

瘟疫使得我們尋找犧牲者與替罪者，獻祭換得平息。然而，在瘟疫之前，人人都是潛在的犧牲者。先死者是未死者的羔羊，死者代替生者受苦。生者則在死者身上看見自己的死亡模樣。

瘟疫是罪惡的表徵。瘟疫是不道德、失序、罪惡的懲罰。必須贖罪，才能平息瘟疫。瘟疫之死是罪人的報應。瘟疫使得我們全部成為罪犯，承擔彼此的罪孽，在死亡中換取原諒。

瘟疫是敵人。如外敵入侵不可擋，如內賊防不勝防。瘟疫使彼此成為敵人，使自己的身體成為自己的敵人，使自己的恐懼成為敵人。

瘟疫使得人與人分離與不信任。瘟疫放逐患者，或令人逃逸。瘟疫將人監禁隔離，也將自己限縮，直到讓身體成為牢籠。

瘟疫是汙染，需要清潔、淨化。去除髒汙、處理糞便與排水、焚燒死者遺體、消毒衣物器皿、清掃所有藏汙納垢之處。需要乾淨的水，沖洗、漂流、潔淨。最終，潔淨的是人，人是世間的汙染之源。因此瘟疫之中，人必須被放逐。

瘟疫不需召喚便會到來，追趕著、蔓延著、倍增著，看不見卻牢牢占據在集體意識；面對瘟疫，人類以各種作為抵抗之、清潔之、驅除之。然而，它的消失與它的出現一樣突然。像是不告而別，先從恐懼的減少、存在感的稀薄，逐漸被遺忘，還給我們日常。直到從地球上絕跡。

瘟疫讓所有故事覆滅，讓語言消亡。也讓我們關於瘟疫的一切變成無言以對。瘟疫製造無盡的故事，因為它本身是事件、情節、時代背景，也可能是推進情節與角色心理的催化劑，是角色面對的命運，是要解決的難題。瘟疫掀起所有的浪，也讓一切最終平息在死亡特有的沉默裡。

於是，瘟疫時期我們說故事，關於瘟疫的故事，不停說著。

2.

《吉爾伽美什史詩》[2]裡，瘟疫如洪水氾濫，是天降的災禍。英雄吉爾伽美什，縱然有與神靈派遣的怪物相搏之力，依然無法拯救神降的疾病：摯友恩奇都，原是神派下收拾吉爾伽美什的怪物，最後代替吉爾伽美什，承接了死亡。在疾病面前，縱然英雄蓋世，也難逃一死。

死亡，就是人類無可逃脫的命運，疾病是其絕望的形式。死亡，是每個生命的最終瘟疫。面對或逃離，抵抗或投降，終會染上死亡。疾病的故事，就是死亡的故事。

3.

在《伊底帕斯王》的開頭，人聲哀號，以及焚香的味道。焚香意味著淨化，於事無補地抵抗瘟疫。然後，伊底帕斯入場，解決問題的責任，回到了他身上。既然他是解決災禍人面獅身斯芬克斯的英雄，也必然由他解決瘟疫。

祭司對他說，這場瘟疫，要解決汙染。需要消弭前任國王遭人殺害的冤屈。

---

2 《吉爾伽美什史詩》流傳於美索不達米亞，是目前發現最早的英雄史詩（公元前 2500-2700）。

追尋這場罪惡的源頭，故事必須說出來。故事不是消遣，而是藏著真相，解釋著今日之災禍，以及如何從根處理。

後來的故事我們都知道了。

先知到來，伊底帕斯之「妻—母親」亦在場。話語中有眾多的暗示，告知伊底帕斯這位最欲聽取故事之人，也是有責任要聽故事之人，其實是最不適宜的聽眾：因為這位聽眾所聽的，竟是關於自己的故事。

若說伊底帕斯的命運是由神諭所致，他的親生父母與他自身，逃避命運的所有作為，反倒連鎖牽引完成命運。伊底帕斯王在抽絲剝繭間聽取往事，隱隱不安卻無法停歇地聆聽，亦不若是另一種神諭：預言是聆聽自己未來的故事，而故事是自己過去的預言。

底比斯的瘟疫，源自於伊底帕斯的命運。瘟疫是伊底帕斯逃避的命運，如今回頭找上他，須他承擔，須他解決，而問題的根源正是他的命運本身。

像是瘟疫對著伊底帕斯說故事，而他必須聆聽。瘟疫告訴他的故事，正好是當初神諭所預告的。

瘟疫，即命運。經歷命運不足以知曉，即便早有暗示（如神諭）。必須聽起故事，並在故事中辨認出自己，才能明瞭命運的安排。敘事永遠關乎死亡，從死亡之口說出。

4.

「各位姊妹們，妳們想必聽過了，一個人只要盡了力，就不至於招致責難。盡力保護自己的生命原是每個人的權利。只要是為了保護自己的生命，風俗人情甚至容許殺害一個對自己毫不相干之人。（……）那麼我們為了保全自己的生命，採取的手段不會損害他人，當然是合情合理的。（……）我奇怪的是，我們女人都有女人的判斷力，為什麼不替自己著想，擺脫這種擔憂呢？（……）要是我們不願意把自己的生命當作兒戲，坐以待斃，那麼既然人們已經鳥獸散，我們不如也趁早離開這座城市。」

一三四八年，曾經繁華的佛羅倫斯發生黑死病。清掃、祈禱，毫無效果。患者長出疫瘤，象徵死亡，無藥可醫。在此情境，「法紀與聖規蕩然無存」。於是，在這無差別且無可治癒的瘟疫，每個人可以為所欲為。瘟疫比任何對權力、階級、偽善的反抗都有效，因為那是至高無上的，任何伎倆都無法對抗的力量。何況，瘟疫奪取的，不是那些權力、金錢、地位或名聲，而是你的生命，赤裸地展現黑死病在你身上種下的瘤，標記著死亡的黑斑。

於是，薄伽丘這個為了「同情不幸」而寫，獻給因為害羞或禮教而壓抑情感的女性而寫，欲給予你性安慰與消遣的《十日談》，便由七位出身良好、倖免於難的小姐開始。

佛羅倫斯彷彿死城。七個互有關係的女性，在教堂的角落相聚。年紀最長的潘比尼亞開啟話頭，她說，也代表所有在場的女子說：我們女性有自己的判斷，為何不自己想辦法，解決這時期內心的惶恐呢？

她分析她們的狀態：瘟疫暫時放過她們。這個時刻，為了自己的性命，離開猶如神罰降臨於佛羅倫斯的瘟疫已無可指責。在瘟疫面前，一切可以重新估量，思考最本質之事。她們「自行決定」逃到鄉村，一方面為了求生，另一方面為了化解哀愁。她們靠自己解決問題，不論成功與否，這群女性遵從自己的決定。

如此逃逸，意味著全然放棄過往，以全部的現在，拋下所有身外之物，盡力地往前推進。逃逸的前方沒有目標，每推遲一秒，就是暫時的勝利。它允諾你繼續，逃逸所停留的每個點，都是此刻的最佳安置所。逃逸者的任何容身處，都是此刻最好的藏匿地點，同時是最危險的地點，不移動，隨時會被追上。瘟疫抹去了時間。沒有過去，因為不管過去如何現在皆無從參考也無法保證。沒有未來，因為延續到未來的時間向度完全取消。無論男女老少，生命成為旦夕間的存在。

她們找到另外三位存活的男性，收容了他們。

未婚的男女這時沒有任何禮教束縛，只剩生活與樂趣。換句話說，妥當與否，如何行動，在瘟疫的侵襲下，判斷交由理性，與自己的內心想法。

然後，他們說起故事。

沒有理由與效用的考量，只需一個人起頭，其他人輪流。毋需說教，不需教誨，十人輪流分享、諷刺或評論。過去教條全遭摧毀，也不知是否還有明天，一日一日延長的時間，他們為了「現在」說故事：不需負擔過往的記憶責任與流傳的教誨，也不需要流傳後代與指引未來的方向。說故事並不是主要目的，他們依舊生活、唱歌，甚至第六日結尾時，眾女子瞞著男子們，到幽谷中寬衣洗浴。

每日的故事結束，眾人唱歌、跳舞、歡笑。他們輪流做國王，第一日的國王潘比尼亞，在眾人玩樂過後，提議輪流說故事，以度過一天最熱的時間。然後，輪下的每一日的國王，並沒有多大的興致改變規則，只是訂立某個大方向的題目，輪流用故事取悅每個人。

單純取樂，在此不僅無傷大雅，甚至可能是唯一的規則。一群人不要有誰剝奪對方的樂趣，因此不玩有輸有贏的遊戲，說故事不是比拚，也不必爭論對故事的道德，只需樂趣，度過一天最炎熱難熬之時。

《十日談》與其說是一百則故事（其實稍微超過），十個說故事者，不如說是一個時間與空間的例外布置。烏托邦式的，沒有紛亂，相敬如儀的，純粹為了取樂，甚至是一種貼近於原始的、肉體的歡愉，輪流以故事交換故事，十乘十而成百。

逃離身體的死亡，以身體實踐的自我的流放，以及，身體的逸樂。十位男女，變成了說故事者。班雅明將說故事者分作兩種類型，一種是在當地聽到各種故事的農民，另一個是遊歷四處聽聞的水手[3]。這十個男女非但不是這兩者，他們更像在對立面，他們故事裡所嘲諷的（有錢人、僧侶、貴族），其實是他們平常較為靠近的。至少，一般來說，這些淑女是不會有那麼多的機會，可以大方地聽與說那些男女之間的風流韻事，直率的情慾需求與滿足的。

毋寧說，這場瘟疫與他們的流放，脫離了整個脈絡之後，離散之中，他們擁有說故事的權利，援引各種聽來的故事，不必追問意義，也不必害怕遭受責難。

這一百則故事中，最多的樂趣在於某種機智，譬如作惡多端的高利貸者在臨死之際如何受到宗教祝福，或是好色的僧侶如何瞞天過海與女子取樂。有時是一貧如洗者靠著機運與智慧翻身，有時是百般磨難者最終得到幸福。許多的故事，我們看到的是位置的移轉與反差。身分與地位、錢財，在許多的故事裡，無論是刻意偽裝也好（譬如裝作僕役混進有錢人宅邸），或是命運流落也好（被偷搶、失勢、或是船難），都像是可以輕易剝除的外衣，換了一身裝束，好像就有截然不同的命運。一百則故事，種種「位移」，一方面表示處於社會高階的人的虛妄，但剝下外衣後實際上人的慾望其實相同；另一方面，許多小人物，尤其女人，所鑽出的種種縫隙，或是透過偽裝改變命運，也顯示著社會所有的區分，其實沒有那麼密不透風。

十位男女的故事，沒有魔術與超自然，全是人世的多種姿態。也的確如後世所讚揚的，這些故事充滿諷刺，卻不含說教成分。他們的故事是口語的，只有彼此緊鄰的說話間流傳，而非後世發展的長篇小說本身既是書寫的、又是能超越身體與一個人有限的記憶的故事（所以班雅明才說，長篇小說的誕生，恰是說故事的技藝消亡的時刻）。

《十日談》裡的十個男女，透過一個接著一個的故事，在失去一切的離散中、

---

3 出自於班雅明〈說故事的人〉。「說故事」作為過往經驗傳承、分享的方式，他區分為兩種類型，一種是遠行者帶來遠方的遊歷，另一種是久居當地者承載的地方長久記憶。

不再有任何的束縛時，看著種種「位移」與剝去虛偽外衣的真實情慾，重新面對自己唯一能面對的：自己尚為年輕、美麗的生命，無論明天如何。

瘟疫不僅取消了限制，也解放了自由。瘟疫給予倖存之人純粹的現在，綿延的現在，故事在此展開。一個有頭有尾的長篇故事，不論多長，終究有個時間的預想，開始之後，時間倒數，等待完結。只有現在的時間的說故事者，再度印證《一千零一夜》的邏輯，一個接著一個的故事，可以無止盡，即便隨時可能終止。瘟疫中說故事的方式，還原了生命最赤裸的形態。因為瘟疫贈與倖存之人的時間與自由，我們說故事。

故事不必原創，不需新穎。不強調技巧，也不論是否有益，更毋需費心區別真心或諷刺。一個接著一個，說故事者與聽眾以個人的方式，在故事中辨認出意義，只需對自己有效。

薄伽丘書寫《十日談》，原是為了某段愛情的苦盡甘來，奉獻給女士們消遣之物。故事儘管可能只是消遣，但卻像是個小小的空間，可以緩解壓抑。何況，以長期而言，人類都是在死亡的瘟疫的威脅之中的，而說故事的技藝，其實都是面對暫時的、動盪而流離失所的、不知將來的情況下產生，而非為了一個不變的、永恆的、安穩的時代而說。

故事在離散中被拋出，總是回歸沉默，等待一切的暫時歸位。

5.

一八九七年，一位法國醫生發表名為《對抗瘟疫的歐洲防禦工事》的冊子。用完整成熟的衛生學，將防疫的話語，從醫學與衛生概念，上升到某種集體的道德觀。這本書的作者是阿德利安·普魯斯特，馬塞爾·普魯斯特的父親。而他的研究與檔案，幾十年後，由卡繆借用且撰寫了《瘟疫》。

卡繆這時處理主題，從荒謬到了反抗。之前的論述，他已經清楚了解到，意識到了荒謬，本身就是反抗的開始。個人意識到的荒謬，一經反抗，即便只是一聲無奈的叫喊，也讓人脫離只是個人的苦痛。他當然也知道，至少，他的生命經驗將告訴他，這沒有那麼容易。反抗的過程如此漫長，儘管你深信著流放最終會通往王國。

《瘟疫》的孤絕之城。無論你是否曾經屬於奧蘭城，瘟疫切斷了外界後，此地即異鄉。瘟疫奪走的不只是生命，還有所有人曾誤以為曾經有過的，人與人之間的聯繫。瘟疫確實也可以理解為卡繆式的荒謬，因為要回答什麼荒謬，他會說，是人與世界的離異。死亡並不是令人如此恐懼瘟疫的原因，而是那徹徹底底的孤絕，人在瘟疫裡意識到自己的獨立於世。瘟疫的命題，在特例的封城裡，平凡之人突然面臨的特殊事件的斷裂裡，反倒成為普遍性、本質性的問題。

小說中補充紀錄者塔盧說：「我確信每個人身上都有瘟疫，因為這世上沒有人能免疫，一個人都沒有。」

鼠疫終於消失，在彼此的努力之下。這不允諾任何人甩脫各自的孤獨，以及無可避免的死亡。愛，或對抗那巨大的孤獨，只能藉由反抗。在反抗之中，感受的力度，愛或聯繫不是個具體可觸的事物，而是孤獨中真正的體驗。

瘟疫是無法消滅的，就像人類必然的孤獨與死亡。

故事並不消滅孤獨，亦非就此建立永恆的聯繫。而是讓我們在各自的孤獨中，感受到聯繫，以自身承擔及反抗命運，所謂瘟疫、荒謬或死亡，繼續創造故事。

瘋女

1.

「她，瘦骨嶙峋，在那豐饒的夜，從加爾各答到來，坐在一群瘋人之中。她在那，光頭，心已死，她一直等待食物。」

不是《如歌的中板》的安娜，不是《勞兒之劫》的勞兒，不是《副領事》的安娜・瑪麗，也不是《廣島之戀》的「她」，或《情人》、《中國北方來的情人》裡的「我」與「她」。

跨越莒哈絲一生作品，反覆出現的，是那個沒有名字的瘋女，女乞丐。總是那樣。瘋女沒有語言，沒有故事。即使有，也只是他人筆下虛構的。如《副領事》開頭，那個孤獨法國男人，在紙頁上虛構那位瘋女的人生。瘋女她不說話，卻使人說話，虛構其身世：關於她從哪來，來做什麼，她怎麼生活，她的心靈是什麼風景。她是一切故事的零度，至少在莒哈絲那。她不說話，她使人說話，繞著那無法接近的謎，並寫下文字。這般文字卻總呈現著更巨大的、令人敬畏的沉默。

言語表面是敘事，實際是驅魔。藉由書寫，瘋女現形，移動著，足跡被跟蹤著。彷彿在被瘋女吸引的一瞬間，便不得不寫，驅散意識裡的那個念頭。必須書寫，確保自己不是瘋的，確保自己不會發瘋。不料，卻被那形象纏上，難以自拔。

瘋女的存在，在一片殖民地的歌舞昇平的異國情調當中，原是如此汙穢，煞透風景，是殖民幻夢的陰暗現實。另一方面，她又領事館周圍，殖民者法國人在遠東裡，最可怕又迷人的噩夢，是足以令人徹底墮落的魔鬼。

帝國主義的的二元論，理性與非理性，東方永遠是神祕的東方。死亡、瘟疫、黑暗、瘴氣、性慾、豐饒、濃烈的香氣與惡臭。那瘋癲在此，毫無阻攔，像是氣味一般飄著。瘋女像死亡的意象，告訴這些歐洲白人：此地，你們從未征服，而是遭放逐於此。靈魂被囚禁，為愛癲狂，永無回歸之路。

女乞丐沒有名字。她有聲音，卻不是話語。她非話語的聲響，是人類文明永恆的外國語。她的叫聲與笑聲持續。他們說，女乞丐一直走路，走了十幾年。她未婚生子，被母親趕出家門，她沒有問可以往哪走，在哪留宿。在女乞丐還沒瘋之前，她乞求的，是一個不會再回到家鄉的方向，徹底流放，能徹底迷路的路線。一個非地點的地點，居無定所。最後，她落腳加爾各答時，她煩髮落盡，忘了一切過去。成了女瘋子，女乞丐。「她在恆河岸，在樹下，她全忘了」。口裡唱著〈沙凡那凱特之歌〉，她找到她的目的地了。

「為什麼是加爾各答？為什麼停在加爾各答呢？」

「也許因為在這，她才真正消失了。她一直想流放。」

對話結束。答案清楚得令人心痛。安娜—瑪麗．史特德兒，法國駐印度大使夫人，讓一切人執狂的女人，本質上與瘋女相同。像是中古傳說的吹笛手，所有的人聽見她無聲的歌聲，在〈印度之歌〉底下真正的歌，集體失蹤了。在此地，加爾各答，因為是失蹤、消失、遺忘的終點，只能抵達而無法出發，成為這群流放之人的「非場所」。也是唯一的駐留之地。

2.

瘋狂是完整的，瘋狂是原初的，瘋狂只停駐在無法停駐之處，居住在迷失之地。

歷史學家米榭・德賽多[4]的《神祕寓言》（*La fable mystique*），援引了一則中古「瘋女─聖女」的宗教故事：

四世紀時，一間女子修道院裡，有個「猶如瘋子與魔鬼的處女」。在那裡，沒有人願意跟她共食。她喜歡這樣。遊蕩在廚房，她做任何他人要求的事。她被稱為「修道院的海綿」。她將抹布當作頭巾繫在頭上，隨時拿下來擦拭桌子、角落，再繫回去。有些修女從來沒見過她，她不屬於當中的一員，只待在地下的廚房。不說話，承受一切歧視與苛求，只求一口飯。然後有一天，山間隱士聖人庇特宏（Pitéroum）聽到天使神諭：「你為何以為你了解自己？你的虔誠宗教生活只存在於你所在的地方。你想見那比你更虔誠的女人嗎？去那座女子修道院，找到那個把抹布綁在頭上的女人。她比你更美好。在這群人中，她的心從來沒有遠離過上帝。像你一樣，而你僅在此地。去遊歷於城市間吧。」

於是從來不曾離開的他，離開隱所。終於，找到了女子修道院。因為他的神聖氣息，以及他已經很老很老了，她們並無猶豫讓他進入這禁止男士的場所。她們懷著崇敬看著他。他在眾人的臉上掃過一圈，說：「還少了一個人。」

她們面面相覷，回答：「是全部了，除了在下面，廚房間，有個傻女孩。」

她們呼喚她。她拒絕。似乎知道要發生的事，或不是第一次發生。

「聖人庇特宏要見妳。」她們把她強拉上去。她出現在他面前，他看見了抹布，於是跪了下來，大聲說道：「賜福給我吧，聖女。」

她見狀也跪下：「賜福給我吧，先生。」

修女們大驚，跟他說，她只是個傻子。聖人嚴肅糾正：「傻的是妳們，她是為了我，也是為了妳們才會在這。我是祈求了多久才得到這判斷。」

她們集體懺悔，跪在她腳邊，為她服務，洗淨她的身體。見她們對她的虔誠後，聖人滿意地離開了。

幾天後，她無法忍受這轉變，離開了修道院，繼續晃蕩。去哪，在哪遊蕩，怎麼結束她的人生，無人知曉。

她自甘賤斥，在地下，在廚房。她不擔任任何職務，不在固定的位置待命，不做任何固定的事。同時她可以在那空間的任何地方，做任何事。看不見，聽不

4 米榭．德賽多（Michel de Certeau，1925-1986），法國歷史學家、神學家。專長為歐洲的神祕宗教史。對於瘋狂與日常的歷史社會學考察，影響相當多後世的研究。

見。她亦無意窺視與偷聽。她只求餬口，只為了活。她的活不超過進食，除此之外，她一無所求。她將擦拭髒汙，最為髒汙之物繫在頭上。瘋人在他人眼裡是精神性的，瘋人自己則是完全身體性的，一切不超過肉身，包括那條抹布。

這猶如身體的延伸，在他人的夢裡成了象徵。聖人單方面的闖入，命人強迫把她拉上來，原是眾人前不可見的，現在眾目睽睽之中，她「被」放上神聖的位置。極其暴力的，聖人跪下，要她賜福給他。只因一場夢，與夢裡所說的，那條綁在她頭上的抹布。

此則聖人的記載，當然使人聯想起瘋癲與神聖的一體兩面，譬如傅柯的瘋癲史。在此之前，我們要明白瘋女的絕對拒絕。在瘋癲翻轉成神聖之時，她僅以自己的移動，真正的迷途與失蹤，換回原來屬於她的，沒有屬於的屬地。她逃離了象徵，不容許象徵強加在自己身上。卻讓我們感到超越象徵的可能。象徵既然可以如此強硬、暴力轉變事物的看法，那麼，瘋狂亦有其能力，在象徵秩序之下逃逸出去。追逐瘋狂，要不任其逃脫，要不一起迷失，成為一個流浪的符號。

3.

恆河瘋女在痲瘋病患群中生活、吃飯、睡覺，但就是沒有染上痲瘋病。

關於痲瘋病患與瘋狂，大概很難忽略傅柯。在痲瘋病患的隔離的歷史遺產中，他看見瘋狂被囚禁成理性對立的沉默歷史。簡言之，中古時代，隔絕痲瘋病患，一個巨大的排拒手勢，創造出的「非人」空間，同時可以排拒與淨化的空間，存留的比痲瘋病還久遠。

那本厚重的論著裡，宣稱無意研究後來只剩理性獨語的歷史。而「寧願研究這沉默的考古學」的傅柯，最為迷人之處，在於捕捉起、甚至多少褊狹地挑選起歷史塵屑裡的碎片，建構起那現今已完全陷沒的瘋狂。哪怕那是充滿虛構的象徵例子。中古末期，載滿瘋人的愚人船，從一座城市到另一個城市。反朝聖：一種自願的移動，而非被迫的監禁於一處，可見的隔離。瘋狂自身拉出距離，一場冒險，在淨化的水上移動。愚人船來自他方，也將飄向遠方。瘋人本身是知識的門檻，而並非在知識之外。透過瘋狂的曖昧與雙面性，從中獲得神聖與真理還是可能的。譬如那位闖入女子修道院的聖人。

諾曼第海濱小城 Trouville，有間旅館 Roches Noires，直譯是黑色的岩石。
有許多的名人駐留在這裡過，甚至進入作品。進入莫內的畫，進入普魯斯特的小說裡。
也有人駐留於此，再也不願離去。譬如莒哈絲，最後，在這裡買下了一間房，成為她寫作的必要場所。並且宣稱：「我希望大家稱呼我為 Trouville 的莒哈絲。」
這是她許多小說的背景，尤其《勞兒之劫》。勞兒的未婚夫，就在沙灘旁的宴會上，當面被另一個女人誘惑離去。而勞兒無聲的吶喊，一直滯留於此，永遠不會散。

潮汐帶，依然是莒哈絲迷戀的 Trouville 沙灘，從 Roches Noires 走下所見的風景。
我被這種曖昧吸引，雙腳陷入濕地，聞著海水的騷臭味，聽著遠方的風聲，任沙子覆蓋在毛孔上。將一切思考讓渡給感受，語言歸零。
這時，寫作的慾望才真正地向我袒露。

他讓我們瞥見，在那瘋狂逐漸與許多的「不正常」、非理性，一起監禁，且以話語捕捉使其沉默，瘋人已經不再有任何為自己代言的「古典時期」之前，那個充滿魅力、捉摸不定，並非總是在理性的絕對對面之時的模樣。

莒哈絲的恆河瘋女，站在一個特殊無比的位置。不在中間，不影響情節，甚至不是插曲。她出現在孤寂白人男子的寫作中，出現在內心有破口的人們的談話中，在沉默的遙遠凝視中。莒哈絲不讓她成為東方情懷的獵奇玩物，或強加於一個英雄與反英雄的位置。瘋女在界線，或說，瘋女就是界線。她擁有原初的瘋狂，真正的瘋狂。令人動懷的是，那瘋狂是她走出來的，自我放逐，最終在恆河邊緣找到的遺忘。只為了吃飯，只為了移動，尋找一個迷失之地，恆河，加爾各答，那個法國殖民者遙遠可見之處。

「作品通過中斷它的瘋狂，打開一片空虛、一段沉默的時間、一個沒有回答的問題、它挑起一個無法調和的破裂，逼迫世界自我質問。」

遙遠的東方，白人的糜爛蒼白生活的背景裡，一個恆河瘋女，不帶有任何記憶，亦不服務於任何象徵。瘋狂屬於她自己，她是可見的（甚至抗拒不了地吸引目光、影響意義），移動的（卻常駐在這群被囚禁的西方人的心靈中）。儘管，仍是沉默的。而這沉默，卻迫出了言語，與迫出關於這言語的作品。

瘋狂還沒被說出，永遠不會。莒哈絲以一種沉默，拯救了另一種沉默。猶如以一種瘋狂，對抗另一種瘋狂。瘋狂終於得以獨語，而安然不被聽見。

抄寫抄寫者的抄寫

1.

多虧了阿甘本[5]，指認出藏身於紙堆裡的抄寫員，描繪出文學史上祕密呼應的星叢。

其中一個極星是果戈理《外套》中的阿卡基．阿卡基耶維奇。

中心是雙子星，福婁拜的《布赫瓦與佩居榭》。

另一極是羅伯特．瓦爾澤《唐納兄妹》的西蒙．唐納與梅什金公爵。

離核心稍遠處，是卡夫卡法庭書記員的小行星帶。

而可憐的巴托比，阿甘本說，「也屬於一個哲學的星叢，也許，只有這個星叢才包括僅僅由巴托比所屬的文學星叢予以記述的形象」。

---

5 阿甘本（Giorgio Agamben，1942-），當代最有影響力的義大利哲學家。其根本理論承繼於班雅明、傅柯、施密特等人，以《神聖人》（*Homo sacer*）的一系列作品，將「例外狀態」、「赤裸生命」、「潛能」等西方哲學核心思想進一步完整。
此處文章出自於《潛能》中著名篇章〈巴托比，或論偶然〉。

2.

抄寫員，如今還有什麼職業，比這還要能表現枯燥、無創造力、反覆、抹滅性格、一絲不苟的特性，這種毫無個性的個性？他是文明或是科層制度下的微小存在，純粹勞動力。當然，還有其宿命，所謂抄寫者，不斷抹卻個人特性的痕跡，專注以手工複製文明的微小處，最後也將被文明淘汰。文明，終究是抹卻自己曾有痕跡的巨大失憶機制，只有傻子會在其廢墟上眷戀。

那曾經是神聖的，有教養的，甚至掌握著某種知識的工作。手抄本，《聖經》抄寫員，遣唐使抄寫經文。大量的青春歲月如幻夢般投注於此，案牘勞形，夜以繼日。欲將信仰傳遞，以身體為器具，複寫下神聖的文字，在時光的曝險下，多一份延續可能。

抄寫者的書寫，是抹去自己的名字，絕對的無名者。沒有面孔，沒有個性，沒有自我，那是抹去自我意志的意志。於是，抄寫者，始終抄寫複寫的，並非哪個既存的文本。他們複寫的，是抄寫的動作，無止境的。抄寫者的人生，由抄寫自己的抄寫構成。最好，連象徵個性與習慣的筆跡都不允許，將任何自我風格剔除乾淨。

到了進入現代生活，抄寫便也成為異化的最佳詮釋者。因為至此，抄寫再也不為寄託任何信仰，或是傳承孤本、祕密流傳某種知識。抄寫，僅僅是行為本身，毋需過問內容與意義。無論是文件本身，或抄寫員本身，皆不需涵載多餘意義，只有最少量的訊息。

是以，抄寫者與其抄寫的內容疏離（以最大的程度），甚至抄寫者與自己的抄寫行為疏離。

在印刷術已經發達的時代，抄寫員所為，無關痛癢。

早在時代淘汰他們之前，他們對自己靈魂的扼殺就已經完成。每個抄寫的字，都在抹去自己的名字、話語、尊嚴與生活。

3.

阿卡基．阿卡基耶維奇任人取笑，任人忽略。他自然接下所有拋向他的公務。果戈里《外套》裡，刻意不言明的「部門」裡，這個「再也沒有什麼比公務員更會鬧脾氣」的圈子裡，一位任憑所有奚落的萬年小官。他只負責抄寫公文，無涉任何內容、功用、重要性。

「他一手接過來，眼睛只盯住公文，也不瞧瞧誰遞給他，人家有沒有權利這樣做。他接過來，就動手抄寫。」

同事嘲弄他，他不以為意，只在嚴重干擾到抄寫時會抗議。「讓我安靜一下吧！你們幹嘛欺負我？」這單純的抗議，令所有人住手。其中，是純粹的可憐。而這可憐人，只想專注在抄寫中。抄寫，沒有我，沒有任何以外的東西。

「他在抄寫中看到了一片變化多端和賞心悅目的世界。愉快之情流露在他的臉上；有幾個字母是他特別心愛的，一寫到它們，他就神魂顛倒起來：又是笑，又是眨巴眼睛，又是牽動嘴唇，因此一看他的臉，彷彿就可以猜出他筆下描出的每一個字母。」

他熱愛這純粹的作為本身。抄寫，但不寫作。只是要求他改動與草擬另一份公文，置換內容或動詞，便無能為力。於是，他只被指派抄寫，如此理所當然，其他的一切彷彿不需要存在。他甚至把公文帶回去，飯後仍繼續抄副寫本。

對他而言不僅是份工作，甚至超過生活，是份存在。回到家，抄寫累了就睡去，想像著明日的抄寫。所謂明日，就是抄寫。

但這生命中只有徒勞工作的可憐人，有一日，失去了他的外套。那件儲蓄多時才好不容易添購的外套，讓他無趣的人生終於有點新鮮事的物件失去後，他向警方尋求協助。這時讀者發現他並不傻，他知道警方辦事的敷衍，也對著欲求情的將軍說道：希望他草擬一份公文，因為按著一般的流程下來，那些人對他來說「並不可靠」。

在整個制度裡，做著最無用之事的阿卡基．阿卡基耶維奇，完全清楚整個制度的徒勞處。或許，這位最信仰其工作之人，正是當中對整個工作的巨大機器最不抱以任何希望之人。就是如此，他才甘於這份工作，不需要任何多餘的意義。然而他唯一擁有的意義，卻在整個制度下被剝奪了。那個制度要求他，一切按規矩來，那規矩正是他多年以來不斷扮演小螺絲釘中所反覆的事。

於是，這個執念成為最無邏輯的、超越世俗的。抑鬱而終的他化為鬼魂，化為搶奪外套的鬼魂，繼續他的徒勞，並成為最純粹的執念。

再看一次他過世時的那段話吧：「於是彼得堡就沒有了阿卡基．阿卡基耶維奇，彷彿彼得堡從來就不曾有過他這個人似的。一個誰都不保護、不被任何人所寶貴、任何人都不覺得有趣、甚至連普通的蒼蠅也不放過用釘子穿起來放在顯微鏡下面仔細察看的自然觀察家都不屑加以一顧的生物，消失了，隱沒了。」

消失了，隱沒了。

但唯獨其鬼魂比他生前的身影更巨大，更有尊嚴，而且不必再重複抄寫的命運，也不必重複抄寫自己的命運了。

4.

然後，是阿甘本口中孤立的星群中的巴托比。

他不與人說話，默默完成工作，像個機器。華爾街裡的法律文件抄寫員巴托比，比果戈里的阿卡基．阿卡基耶維奇更缺乏個性與慾望。在事件發生前，他如此理想，專注在工作上，抄寫抄寫，反覆無誤。相較兩個有身體或精神狀態的員工，巴托比個性上的匱乏，恰是如此平板成無個性之人，是抄寫員最理想個性。

然後，這位可憐的巴托比，除了抄寫，一個位置，再也沒有更多訊息之人，開口了。

巴托比開口的契機，與那個只會抄寫卻無法改稿的阿卡基．阿卡基耶維奇類似，事務所老闆（同時是敘事者）要求他校稿一份文件，而他劃破一切秩序、位階、運轉法則的話語出口：「我寧可不（I would prefer not to）。」

沒有多餘的字，也無法多解釋，亦無法猜測意圖。巴托比沒有任何的抗議或鬧脾氣的跡象，僅僅，not to，不指向任何地方。那並非一般的拒絕或抵抗，他不去質疑任何命令與要求。

「什麼意思？」「為什麼你拒絕？」「你想說什麼？回答！」

這些需要巴特比回答、解釋、說明的問題，得到的只有重複的話：「我寧可不。」以及更簡單的，「我要不（I prefer not）」。

沒有拒絕回答。甚至沒有拒絕，沒有說拒絕（refuse），巴托比沒有毀去任何事，沒有塗抹掉已寫的痕跡。沒有否認任何既定事實，沒有反對任何事。他使用的動詞甚至是肯定式。

巴特比拒絕溝通，但不是反對或唱反調。他僅僅重複說著同一句話，就像他過去反覆著抄寫。巴特比不是不抄寫，是抄寫他的不抄寫。

「巴特比是所有創造皆源出於其中的那個『無』的極端形象；而同時，他也構成了對這個作為純粹、絕對之潛能的『無』的最執拗辯護。抄寫員變成了寫字版，如今他就是他的白紙。」

白紙，非肯定也非否定，肯定與否定抵銷，留下「我」作為主詞，而無作為。於是跳脫了正反辯證，順從或抵抗，回歸懸而未決的那個點。

一切如此嶄新，彷彿還有可能。

若抄寫是無意義的反覆，懷著任何心態，或賦予意義皆會消磨在其中。無論肯定或否定或企圖修正亦無效。那麼巴托比便是讓這無意義不再迴圈。以生命的全部力量投注在此，包括生命自身的徒勞，一併「寧願不」了。

5.

最後，那個處於核心的雙子星，《布赫瓦與佩居榭》[6]。

他們是艾可在寫《玫瑰的名字》時，自比來抄寫仿造波赫士幻想的「巴別塔圖書館」的人物樣板（意思是，艾可自己猶如這兩位小說人物，抄寫著波赫士）；晚年的羅蘭巴特，解釋自己試圖寫出《戰爭與和平》與《追憶似水年華》的心態，猶如布赫瓦與佩居榭的作為。

聖馬丁運河旁，三十三度天氣，兩個男人出現。一位是布赫瓦，另一位當然是佩居榭。他們巧合坐在同張公共座椅上。兩個人原先是沒有故事的、一輩子擔任抄寫員的平凡人。他們的故事在於相遇，相認。他們在彼此身上看到自己的那個樣子。兩位平凡人，一輩子進行複製工作的人，在自身的複象中抄寫彼此也複寫自身，故事因此產生。

他們注意到彼此，在彼此的習慣，於帽沿內側繡上自己的名字。奇妙的是，繡上名字這原來是留下自己獨特性痕跡（簽名）這件事，在他們的相遇中，取消了相異，而是相同，相互認同。他們兩個人的性格並不相反，亦不互補，而是相似。沒有多大意義的相似，猶如彼此的複寫。

他們不僅職業相同，且年紀接近，單身。他們興趣相同，還有相同的夢想：到鄉間生活。換言之，不再當個抄寫員，到鄉間開始一個全新的生活。他們先前的人生被抄寫填滿，一直渴望的，是後半的生活，猶如在一張嶄新白紙書寫。

奇蹟在兩人相遇不久後發生（可以說是福婁拜相當刻意的安排），布赫瓦意外繼承遺產，足夠讓兩人在鄉村生活。

於是，重複著無意義抄寫工作的兩人，斷然結束的庸庸碌碌的生活模式，一下擺盪到另一個極端，成為無所事事之人。那一大片的空白等著他們。他們的人生屬於自己。他們是彼此的堂吉軻德，也是桑丘，在未曾有過的「真正生活」上探險。

從原來無意義工作，翻轉到一大片空白的無所事事人生。兩個浪漫者，對於

6 福婁拜（Gustave Flaubert，1821-1880）的最後未完成作品。此書占據他幾乎最後的十年。死後出版，引起許多正反方意見，但隨著時間，包括羅蘭巴特、艾可、波赫士等人的重量級背書，這本奇特的小說越來越受重視。

抄寫生活以外一無所知，於是決定驗證他們一輩子抄寫的書，從書本知識開始建立新的生活。

讀者也許與他們一樣，以為那會是場冒險。會在這行動間產生故事，得到意義，儘管過程是失敗的，也可能有所獲得、有其意義。

然而幾乎建立起現代小說某種標準的福婁拜，在此取消故事，磨去意義。而且不停失敗，以同樣的模式，彷彿只是反覆消磨讀者耐性。我們看著兩個人滑稽地參考各種書籍，實踐起知識。原先只是農業與農藝（農作物、樹木、園藝），失敗後轉入更深的科學（化學、解剖學、生理學、醫學、占星學、動物學、地理學），考古與歷史（考古學、歷史學、傳記）、文學（歷史小說、戲劇、文學批評、文法學、美學）、政治、甚至宗教學。他們不僅研究、實踐，甚至也試圖去撰寫，全以失敗作終。他們總是以「一定是因為對於某個知識不夠瞭解才會出錯」而轉向另一個知識領域，因此複製了失敗。

一方面他們多方面展現其喜劇式的愚蠢，也喜劇式地不合宜地展現知識的漏洞，且同樣愚蠢。

他們的悲劇在於，在此之前，他們只抄寫，無涉於文字的內容與任何應用，亦無關乎創作。而這彷彿靜止的數十年左右的光陰，全花費在求助書本，依樣畫葫蘆，按圖索驥、照本宣科地使用書的內容，試圖發揮知識的用處與意義。但最後證明，不，該說一再證明的，可能不僅僅是對現世的生活無用處，而是光就知識本身，在自身內部也都成問題。譬如哲學、宗教、歷史的構成當中的自我矛盾與無法自圓其說。關於知識與書本，在他們過去不問其意義而單純抄寫時，還能構成他們生活的微小意義。一但轉過頭去，向書本尋求生活的用途與意義時，卻墮入徹底的無意義。

這兩個人物的「反英雄」、「反敘事」，甚至多少有「反小說」的雛形，在我們或許無奈或許歡笑（多半兩者皆有之）之餘，顯得最無用的知識，竟是小說本身。福婁拜越過了小說的結界，向閱讀著小說的讀者展示小說的虛無。也難怪波赫士會說以《包法利夫人》創建起現實主義小說的福婁拜，在此也是第一個打碎它的人。

並非是消遣讀者，福婁拜為了寫這本小說，跟著這兩位角色，一同讀了一千五百本以上的書，直到死前都未能完成。若說兩位抄寫者，在獲得「新生」的機會時，彷彿抄寫自己的命運，無論是發現不足或發現新奇領域而轉向另一知識，都以相似的路徑方式失敗。那麼書寫這些的福婁拜，相對於果戈里或梅爾維爾，碰觸的領域卻是更佳危險。果戈里沒有阿卡基·阿卡基耶維奇的悲慘，他能夠同情，為之發聲；梅爾維爾可以書寫著巴托比的執意空白，書寫他的「寧可不」。福婁拜則別無選擇徒勞地重複寫著這兩人的複寫，將所有的意義抄寫成無意義。如此，抄寫抄寫者的抄寫，兜了一圈，福婁拜寫到最後，不是書寫徒勞，而是讓自己的書寫本身成為徒勞。

他像兩個抄寫員那樣抄寫著《布赫瓦與佩居榭》，整個小說呈現的樣貌卻是小說家自己。

最後，在小說家的筆記裡，拾得了這一段，很可能是這本小說應該有的結尾：

> 有個好主意祕密的在兩人心中滋生。他們心照不宣。時移事往，當時機來臨，他們相視而笑。然後同時脫口而出：抄寫。
>
> 製作一個雙向的桌子。添購謄錄工具、文具，等等。
>
> 他們坐定位。

抄寫，於是純粹化。不是抄寫公務、工作文件，也不是抄寫某種知識或自己的失敗。純粹抄寫，彼此對坐，像鏡子一樣。沒有內容、目的、意義。抄寫對方的抄寫，而對方抄寫自身的抄寫。

儘管徒勞，他留下的終點，仍是嶄新，甚至有點過於新的起點了。

追蹤足跡的完美境地，是不留下任何自身的足跡。
換言之，任何懷有這樣意圖者，必須預先地抹去自己的足跡。如何抹去？將他人的足跡，當作自己的足跡。足跡在前方，不在後方；足跡是他人的，不是自己的。追蹤者像是倒退走路，逐漸成為他者之人。是將自己未來的所有的可能性，賭在他人必然即將消逝的過往痕跡裡。追跡者必將消逝，消逝在自己預先塗抹掉的痕跡之中。

空缺

1.

一九六九年，培瑞克（Georges Perec）發表了小說《消失》（*La disparition*）。這個作品的「現身」，一開始並沒有引起特殊的注意。

以後見之明猜測，這一開始的反應，勢必在作者的心中造成不可抑止的瘋狂大笑。那就好像一個頂級的魔術師，在無預警的狀況，躲進一縷煙裡，從此消失於台上，放著不明所以的觀眾喧鬧，以及工作人員的慌亂，那樣的痛快。

這本書恰好得到平庸的評價：實非佳作，但也可一讀。這樣的書，最幸福的讀者，應該就是首批讀完之後卻完全沒注意到發生什麼事的讀者了。能這樣徹底被騙，看了全部卻純然無所覺。這好比許多電影，兇手早在一開始就暗示你，躲在每個畫面的細節，甚至作者惡趣味下的明示，直到最後我們恍然大悟時，才發現一直明擺在你面前卻視而不見。

如今我們已經無權享有此樂趣，因為當我們聽到這本書，就已經知道這本書最大的祕密：《消失》整本書沒有字母「e」（這是法文當中出現最多的字母）。一本消失字母「e」的小說，同時用各種方式暗示你：作者的名字，名與姓各有兩個 e 的培瑞克，在書封設計上特意地強調；或是書中所寫的消失之物是「並非完整的圓」指的其實是小寫的字母 e；書中出現的鴨掌是暗示大寫E的形狀；書中章節沒有第五章，因為字母 e 是第五個字母。爬梳資料並閱讀著，《消失》的真正「事件」並非只是字母「e」的空缺，而是不斷地在書寫中「指著這個空缺的字母」。

我總想著，這一切的機制令人感到不安之處，不在於令其消失。這在技術上已經是奇蹟，然而格諾的《風格練習》[7]已經嘗試過。是在，彷彿文字在其中像是一個密網，目的只在濾出那個字母，變得純粹無比的時候。

文學若可能令什麼事情成為可能，往往在於它令人意識到了不可能。我們在讀一個不可能的作品，在那作品的世界中，法文最常使用的「e」不見了。作者因為實踐這不可能的作品，也變成不可能的作者，於是，被自己抹煞掉了。那麼，那些暗示著「消失的字母」的手勢，乃是被消失者最後留下的訊息。也可以反過來說，是作者的「消失的手勢」使得「消失物得以存在」。

要先指出空缺，空缺才存在。空缺完成之時，亦是作者成功隱遁之日。消失，即作者的消失。想想，也是作者之死了。

這樣的作品，使得評論也成為不可能。因為詮釋的不可能，沿著周圍，可能性滋生。唯獨極少數的讀者會與創作者（亦是極少數），能不為其所惑，抬頭望向夜空的滿天星點，不是被美麗星芒吸引，深深陷入未被星芒照耀之處，更深的黑暗裡。

那是尼采在《知識的喜悅》中所說：

「追逐繁星的思想者，隨著因循之道，不會是最深刻的。最深刻的思想者，是那種凝望自身，如同在浩瀚宇宙中，那種在自身當中帶有銀河之人，他知道銀河是如何的無道理可循。銀河只終究指向混沌與存在的迷宮裡。」

我猜想，思考創作者，思考一啟動，便是入魔的瞬間。如同一個逢賭必輸之人，永遠會在某個思考點任由自己被蠱惑，不被垂手可得的可能性吸引。

瘋狂陷入不存在的事物，並找到最大的信仰。

7 雷蒙．格諾（Raymond Queneau，1903-1976），法國作家。與培瑞克、卡爾維諾等人同是「烏力波（文學潛能工作坊）」（Oulipo，Ouvroir de littérature potentielle）的創始者。《風格練習》出版於一九四七年，以九十九種不同的方式，講述一則元素簡單的故事。

2.

培瑞克一九七九年，也曾出過一本單獨成冊的短篇小說《冬日之旅》（*Le voyage d'hiver*）。

標題的來由，在敘事的開始便交代出來：年輕的教授文森·德格黑爾（Vincent Degraël）在一九三九年拜訪朋友父母家，閒暇時從書架借閱《冬日之旅》。

這本薄薄的小書，上頭的作者是這位年輕文學教授完全沒聽過的名字：雨果·維尼耶（Hugo Vernier）。

這本書之於他有異樣的吸引力，儘管那個吸引力不在於情節、敘事技法或是某種特定的價值，而是某種異樣感。這本不壞的書（而我們知道，書的評價中，「不壞」或許比「糟透了」更壞），騷動著心頭的、令人想窺探下去的，是因為這本書隱隱引起的不快：那像是快要想起某件事卻遲遲想不起來、明明有相應的詞語可以命名之物事卻怎樣也找不到那個詞語來指認、心裡一直記掛的事情竟突然在要說出口或要寫下來時忘卻，那種扭緊心臟或氣管般的難受。

起初，年輕學者順著這不快，然後逐漸，在閱讀之中感到興奮，且慢慢慢理解原因：「似乎那些句子他越來越熟悉，不可避免地讓他回想起『一些東西』，好像每讀到一句，就會有對於另一個在別處讀到過的幾乎相同的句子既準確又模糊的記憶強壓上來，更準確點說是層疊上來；這些詞句，比愛撫更輕柔比毒藥更虛情假意，時而清澈時而隱晦，時而猥褻時而熱情，光彩奪目，曲徑迷離，像一根在暴力的幻象與虛妄的寧靜之間瘋狂顫動的羅盤指針，勾勒出一個模糊的輪廓。」

原來，讀一本書就是讀一本書。但在一個受過專業訓練的讀者，遇到高段作者的狀況，會順著蹤跡將觸角延伸到更多的作者與書，探索起作者在作品底下的祕密書架。然而，在有些更特異的作者那，一本書甚至是一篇作品可以是一座圖書館（福婁拜、波赫士），彷彿將整個銀河拉到你眼前般暈眩。

於是，閱讀到某句，他想起來了。閱讀間喚起的似曾相識之感，是因為當中有許多句子，他確實都在哪裡讀過。那位不知名作者揉起一種特殊的風格語言（不是語言風格），一下韓波，一下馬拉美，整本讀完，仔細一想，「是十九世紀末詩歌的一部驚人的匯總，一個出格的大雜燴，一副鑲嵌壁畫，其中每一片馬賽克都是一部他人的作品。」

像是解開一段密碼，譬如《地心歷險記》裡的地質學教授，破譯出信息時的雙重至福：在冰島有個火山可以通往地心，而且有人已經完成。這本《冬日之旅》

像是這種雙重、甚至是三重的發現。發現有個不知名作者的書（像是個等待破譯的紙片與謎語），終於發現其中蘊藏的不可能的大計畫（譬如可以由火山口通往地心），最重要的是，有人實現了（寫出了這本書）。

這種「居然有人想到要這麼做」與「而且已經做到」的誘惑巨大，其實該再添加所謂的時間感，進一步說，是時光錯置之感。就像《地心歷險記》裡的先行者，足足比生在十九世紀的科學家還要早上兩個世紀，無論是知識跟技術都大大落後的時代。《冬日之旅》的微小篇幅震撼也在這，如果有個十九世紀的詩人成功寫出一本完美的剪貼簿尚是驚奇，這故事裡的年輕教授發現更加可怕的事實：《冬日之旅》出現的十九世紀的眾詩人的句子，其實年代都比這本書來得晚。所以，結論是，這是一本十九世紀三到四代大詩人剽竊的文本，每個大詩人都從《冬日之旅》偷取句子挪為己用（所以詩人們才是把別人句子揉合在自己創作之人），並且完全成功瞞過所有的文學史家！

因此，原先以為是發現文學史上的疏漏，這空缺卻足以扭轉整個文學史。

儘管培瑞克沒有指出，但空缺最大的吸引力，就是令人想將自己的全部，自己的渺小對照於巨大的謎團。就像找到通往地心的火山口，彷彿，就是走向地獄了。可能文學還是浪漫了些，讓人誤判這般追尋需要多大代價。這位年輕教授輕忽失去了這本書，在終生的追尋，最後留下的是「八頁的關於徒勞追尋的研究故事，與剩下三百九十二頁的，白紙。」

3.

當然，如果願意，我們知道，書寫空缺，其實如同（但不等同）書寫遺忘了。若所有的事實與事件，甚至包括幻想與情感，都值得一份記憶。那麼或許有太多的事，非常至關重要的事，唯一配得上的記憶，名字叫做遺忘。

培瑞克寫過一本書，用四百八十個「我記得」作為開頭的句子構成。只是一再看著一一細數的「我記得」，像是某種特異的心理機制，讓你反覆寫著同一個字，最後會覺得越寫越怪，越為陌生。執著地以羅列的方式並陳「我記得」，最後指向的，仍然是空缺。

或是培瑞克極早完成願以此初試啼聲卻屢遭退稿，最後負氣留待死後出版的《傭兵隊長》裡，那位偽畫家是到處存在的不存在。直到他無法面對那傭兵隊長的存在，無法贗畫出相同的存在而殺了委託人。異想天開地挖起地洞逃脫。那大量的獨白與回憶，似乎是一種更深的地洞語言。培瑞克的語言，幾乎也在此成為隱喻。必須在地洞裡才能說出，必須被埋藏，必須缺漏與失蹤，才能存在。

如最富自傳本質的作品《W或童年回憶》中所說的：

「我不知道我是否無話可說，我知道我什麼也不說；我不知道是否我該說的沒說，是因為不可言喻（不可言喻並非潛藏於書中，而是先於書寫。啟動書寫者）；我知道我說是白說，是空白、是中性、是空無、也是記號，是為了這萬劫不復的殲滅所僅存的一個記號。」

一個巨大的符號，指涉的只有空缺，是無限逼近後的不可觸，你可以盡情擲入所有的想像力。殘酷在於，這個符號只有在你指涉著空缺時才存在。它要求你寫它，然則所有的書寫的核心在此同化成空缺。意思是，一旦停止，書寫的動力也即將戛然而止。面對著空缺的符號，彷彿可以無盡地選擇，反正終將毫無選擇。

所謂終局，在於你終究成為了一個不可能的作者，見證了作品缺席之時。即使你清楚，那時刻，並不可能到來。在此之前，你只能徒勞地寫。這是唯一不徒勞的事。

黃昏塞納，藍天不願褪去，而粉紅暈染開來。
葉落盡之後，城市彷彿露出它的本來面目，偷偷地邀請我，躲在枯枝敗葉後頭窺看。原來城市是有影子的，如同世界也是。

頹廢

1.

文學裡不曾缺席過負面：仇恨、慾望、殺意、貪婪、暴力，或是某種平庸之惡、必要之惡、純然之惡，超然之惡。但始終有個淺灰的影子，在這些負面之外，不屬於其中。卻弔詭的，瀰漫在所有關於負面的書寫之中。

頹廢不在正面之列，安然棲息於負面之林。然而，當我們欲掌握頹廢，設想某些作者，某種風格，或一串書單時，一个留神，便從指尖溜走了。頹廢不僅不難捉摸，甚至熟悉，不證自明的。它自然到，彷彿不需要特別書寫。

書寫頹廢，猶如逆行。透過書寫能展現的頹廢，是書寫本身即是頹廢。

頹廢，似乎在調性上，封印了反諷。反諷實為文學裡最該優先索取的能力。頹廢無法反諷，反諷書寫出的頹廢，已是一只空殼。

書寫頹廢，最終是頹廢在書寫，惰性與墮性無所不在。

頹廢難以言喻、難以描繪。頹廢言說，頹廢描述。

並非指向書寫的核心。核心之中，也許是瘋狂、暴力、死亡、缺席、虛無，但不會是頹廢。頹廢像是種氣息，不僅在文學處理的種種負值，甚至也在正值當中。在書寫之外，也在書寫之內。像是吸著自己呼出的空氣，接近某種窒息卻始終留著一口氣。是呼吸都覺得累的死命呼吸。是期待再也無任何事物可以期待的時刻來臨的期待。

2.

「對於升起和沒落的徵兆，我具有一種比人們還要更精細的嗅覺，在這方面我是卓越的教師——我知道兩者，我就是兩者。」

尼采在《瞧，這個人》裡令人困惑的告白，邀請我們認識他的雙重性，明顯地卻傾向衰頽那端。這衰頽不僅來自他早衰的父親（三十六歲就去世），也來自於自身的衰落，尤其是身體上的。

「當時，我認為自己就是幽靈了……」

猶如幽魂的尼采，卻在衰落的身體裡，察覺到「有了一種卓越的辯證法專家的清晰，並且十分冷靜地深思了各種事物。（……）我的讀者們也許知道，我如何把辯證法視為頽廢的徵兆。」

尼采的頽廢，一開始像是靈魂的，接著說是生理的，才一個轉折，那瞬間的澄明（在身體最衰落之時），他的頽廢又與邏各斯（logos）緊緊地綁在一起。真正能深思探究的狀態，是在下降中。頽廢的辯證，才得以辯證事物的核心。幽默在於，尼采相當辯證的再度翻轉。除了是個頽廢者，他也是頽廢者的反面。亦即，頽廢者在頽廢中找到價值。「我生命最低卜的年頭，就是我停止成為悲觀主義者的時候」，於是他的那句名言在此乍現：「凡殺不死他的，都能使他更為強大。」

那的確是種嗅覺，聞得到萬物裡的衰頽，基於某種同性相吸。尼采無疑是傾向頽廢那端，頽廢竟有種異樣的清醒，在病態中才得以擁有的清明，得以重新忖度世界。

難以置信又無比合理，正因頽廢，他既不再是個悲觀主義者，也變得強大。

前提是，真正的頹廢者，要頹廢到自身的反對面才行。頹廢到連頹廢的狀態都能厭棄，都能將之拖到生命的更低，卻是更遠之處。

3.

法國十九世紀末作家於斯曼[8]，生卒年與尼采極為接近，可謂同代人。原是跟隨左拉圈子的一份子，爾後卻成為法國文學中「頹廢」的代表。頹廢（décadence）原指羅馬文學黃金時代過後，來臨的衰頹時代。於斯曼在自然主義當中感到的窒息，卻在這種頹廢的徹底放棄當中找到出口。

他以斷裂的姿態寫出《逆流》（*A rebours*）。此書一出，「頹廢」的定義便脫離了古典：毋需是美好時代的衰頹，某種悲觀的前景，或我們失去的、曾經（想像中）的往昔與萬物衰敗的當今。既是「逆流」，便不再是哪個時代的衰落狀態，而逆轉為當前時代的反面。

「他對人性的藐視與日俱增。他終於明白到，世界上大多數人都是無賴和傻瓜。無疑，他根本不指望在他人身上發現同樣的渴望和同樣的仇恨，不指望跟一種同他一樣熱衷於某種絞盡腦汁刻苦鑽研的智力結合，不指望從一個作家或一個文人那裡，找到一種和他一樣尖銳、一樣突兀的精神。」

「無論他嘗試什麼，無邊無際的厭煩始終壓迫著他。（……）神經系統的病情加劇了。」

頹廢者的賭局，永遠將賭注一次擲入。《逆流》的主人翁變賣家產，與世隔絕。沉溺在自己的病，也許病情與尼采相同：衰弱。

如果尼采在生命力與命運思索頹廢，於斯曼迷人之處在於對應時代以此書寫姿態，形式（跟自然主義決裂）與內容（《逆流》全繞著主人翁的私人生活裡的室內擺設、藏書、藏畫、回憶、思辨），成為一個遙遠的，既在時代外部亦是內部的聲音。「頹廢」因此不處在任何時代的前或後，而發生在當代，每個逆行的行進間。

不是某種「變差」、「次等」，頹廢的衰落非比尋常，乃是徹底厭棄，甘願放棄所有，而拉開一個絕對的距離。實際上頹廢是種選擇，是種抵抗，是種決裂。於是，在逆行中，詛咒中，斷裂中，色彩繽紛中，照映出周圍的死氣沉沉與蒼白

8 於斯曼（Joris-Karl Huysmans，1848-1907）。早期與左拉交好，信奉自然主義文學，後來文學觀產生巨大的轉折，發展出一種純粹內在的、無情節事件的小說，此處的《逆流》就是該轉折的標誌。

「Rebours」原是「反向」、「違反常規」之意。中譯為「逆流」的選擇，在於他先前的作品《順流》。小說一出，有諸多作家激烈的正反意見，影響後世甚鉅。

無力。逆流，不同流，頹廢這件事，為了對抗疲憊，更堅決，費盡更大的力氣，去擺脫當前時代給予他的厭倦感。矛盾的是，為了能更徹底的厭倦。

這場病不需他人診斷，否定此病只會使其更加確信，更為耽溺。

「可是，別人的快樂，我是無法忍受的，我！」

既是頹廢者，最後的命運，是與他最厭惡的當代一起埋葬。他終究幻滅。《逆流》的最後，主人翁終於發現即使是「悲觀主義的推理根本就不能寬慰他」，而「只有對一種未來生活的不可能的信仰才是一劑舒緩藥。」

終究，庸俗還是戰勝了，打從一開始就注定了。就像所有的病，不是治癒，就是死亡，沒有選擇的。

4.

《逆流》的忠實讀者有許多，譬如馬拉美[9]：「它就在這裡，這本唯一的書，它應該寫出來。(……)無法代替(……)甚至是未來的書」；梵樂希[10]私信所寫：「於斯曼是這世上與我最合拍的人。我一直重讀《逆流》；這是我的聖經，我的床頭書。」；或是王爾德，假託小說裡的道林·葛雷，為這本「毒液四溢的書」

而著迷；或是普魯斯特，以隱性的方式同應著於斯曼的書寫[11]。

於斯曼的精神繼承者還有一位：百年後的米榭．韋勒貝克。即使有些迂迴，他透過小說《屈服》的主人翁方斯瓦，這名任職於保守的索邦大學的於斯曼專家之口，談論文學，又同時對於斯曼「告白」：

「但一個作者首先是一個人（……）我們喜歡一本書，首先是喜歡這本書的作者，希望在書中找到作者身影，想跟他共度一整天。」

以當代而言，韋勒貝克其人與其作品確實令人感到頹廢。令人驚訝的是，這作品展現的，卻是他處理頹廢時的左支右絀。韋勒貝克的《屈服》裡，有他過往一慣的厭世、愛無能（卻無比嚮往）、疲憊、與世隔絕。這樣理應與頹廢合拍，閱讀下來才發現，他在於斯曼的面前，竟猶如贗品。無論是有意為之，或是下錯了棋，他顯示著同一件事：我們誤讀了韋勒貝克。更尷尬在於，面對世界的誤解，他深感抱歉。

他應該再清楚不過，自己所在的時代，至少是歐洲，不僅墮落到底，個人能力所及的墮落，其實與西歐的集體文化相比，不過小巫見大巫。弔詭在於，正因

9 馬拉美（Stéphane Mallarmé，1842-1898），法國詩人。其對於語言的特殊看法，以及對於「終極書本」的構想，成為文學、哲學不停討論的觀念。

10 梵樂希（Paul Valéry，1871-1945），法國詩人、文學理論家。以《海濱墓園》等著名詩篇傳世之外，其文學散文《原樣》（*Tel Quel*）、觀念小說《Teste 先生》對於文學的本質亦多有探討。

11 普魯斯特的回應，直到許久以後才給讀者察覺。
這其中最有趣的是，《逆流》的主人翁德塞森特（Jean des Esseintes），據說是用當時社交界知名的貴族孟德斯鳩（Robert de Montesquiou）形象為藍本。
亦是孟德斯鳩朋友的普魯斯特，則以他當原型，在《追憶似水年華》中，成了夏呂思男爵（Baron de Charlus）。

為如此頹廢，以至於頹廢隱含的反抗潛力，也徹底弭平。這種情況，才是頹廢的末日（而不是頹廢被反對、批判最烈的時候）。

他的小說只要出版，便是高居排行榜冠軍，即便遭到無數詛咒與痛恨，一舉一動卻始終是媒體與書商關注焦點。他可能會發現，在文學裡無論以怎樣的姿態倒行逆施，都已經無效了。像《屈服》裡所說的，即便於斯曼如此厭棄當代的平庸，那還是個歐洲各國的鼎盛時期，而如今「歐洲已經完成它的自殺」。

他激起的咒罵、激辯，在媒體上大量曝光，一出書便為頭條。如果他真心厭棄當代，那麼最令人痛苦的，則是他的書寫竟如此投其所好，彷彿媚俗。

試問，頹廢，將如何生存？弔詭的是，問題的核心始終單純：寫，抑或不寫？既然無處可逃，索性不逃了。不必與世隔絕，不必寫出充滿毒液的書（這世界並不缺乏），唯一選擇，是投身進去，並不奢求見證核心，只需要徹底徹底地放棄抵抗。書的最後，主角的聲音與作者的聲音重疊，最後一次回想起心中真心所愛的事物，然後對自己說：「我將心無所悔。」

卻在此，我們又再度看見了頹廢。

不需書寫頹廢，頹廢只需要寫，繼續寫。

頹廢的文學，是一位作家書寫，並發現書寫的行為是徒勞的仍繼續書寫，同時清楚知道這體悟就是書寫唯一不徒勞之處。

有時，縫隙會突然打開，召喚著你。像愛麗絲不需要兔子的誘惑，也必然跳進兔子洞。縫隙令人著迷，你恨不得將身體縮得更小，擠進那狹縫間，夾迫胸腔與內臟，寸步難行，動彈不得。這是恐懼，亦是迷狂。裂縫經驗是瀕死經驗的一瞬，是看見地獄的裂口，是幾近瘋狂之境時的最後一刻清明。

裂縫的經驗，讓密不透風的世界與自己，有了出口的希望。這希望源自於絕望，透過擠壓，同時對世界與自己抗議，掙脫無所不在的枷鎖，一舉打破這乏味窒息的經驗世界。通過裂縫，像是再度讓自己透過擠壓與疼痛，再度出生於新的世界。

凝視深淵

1.

關於文學當中視覺經驗的個人啟蒙，是在第一次閱讀芥川龍之介《地獄變》的時候。

啟蒙是這樣的，那是無可取代的「超—經驗」。啟蒙的經驗無從累積，它只能有一次，因為你無法再次體驗。它抹去了過去，也黯淡了將來的經驗。它是一切經驗的反面。它彷彿告訴你（當然，以世界最沉默的方式，因為任何可言傳的經驗，皆是可重複的），在此之前，你未曾真正經驗過任何事物。

你未曾真的看過，未曾聽過，未曾真正感受過。那多像莒哈絲《廣島之戀》抹去名字（或未曾擁有，必須無名才能出現的聲音）的「他」和「她」，那位外國女性聲稱她的「看見」（影片與照片、建築物殘骸、受難者的頭髮、灼傷的皮膚……）與「他」全盤否認，堅持她「一無所見」。以最淺薄的方式理解，廣島的核爆或巨大的災難本身的見，永遠是不可見的。

或是見證同時埋葬自身的見，再也不會有第二次。如《百年孤寂》最後解讀出命運預言者，同時也是正在經歷滅絕的見證者。

「啟蒙經驗」未必是第一次，而可能是最後一次：「再也不！」，一次性地取消過往，使其失去意義，強迫歸零，從此之後只能在此經驗之下，成為永恆的魔咒或不可能的追尋。像是莒哈絲於晚年掀開底牌般地，書寫那段過早卻又使一切為時已晚的戀情，那個中國情人。「情人」看見的是「不會有第二次」的「絕望、癡狂、幾近毀滅」的愛，而「我」這名少女體驗到的性，如同「海洋，無形，簡單而無可比擬」。

無形，簡單，而無可比擬。在其中，你被奪走全部，又被賦予全部。你成為某種經驗的「換取的孩子」，就像晚年大江以古義人[12]的角色，以一個疲憊老作家的姿態，回到四國故鄉的森林，去追問自殺的摯友吾良，那天究竟經歷了什麼事？

《地獄變》所震撼我的，並非是那台焚燒的馬車裡，美麗女子著火變形扭曲焦黑的畫面。而是順著敘事者，看著外號猿猴的醜畫家良秀，已然不再是自責與苦痛自己的執迷害死女兒的父親，是某種陶醉於地獄之景的非人般的存在。真正的地獄，比眼前的災難還要更多，存在於畫家的眼底。他看到的什麼？敘事者、作者與讀者，只能頭皮發麻的，在他那雙見過真正地獄的眼睛旁，成為旁觀者。

也許我當時看得太專注了，年少而無戒備，凝視著那團火猶如張目見日。火光的中心，並無光亮，而是至深的黑暗。

2.

「天堂應該是圖書館的模樣」，至今我們經常引用的波赫士，說起這句話時，要談論的其實是他的失明。「上帝同時給了我書籍和黑夜，這可真是一個絕妙的諷刺」，作為一個國家圖書館館長，在九十多萬冊的書面前，「我發現我幾乎不能看一下封面和書背。」

且不論他連結起來的，包括荷馬、彌爾頓與喬哀思的眼盲，在他們的共同命運裡「一切近的東西都將遠去」。在他〈強記的富內斯〉裡描述記憶中，能將「某年某日南方晚霞」與「某本只看過一遍的精裝書的紋理」比較的視覺與記憶；或是《阿萊夫》裡兩三釐米的阿萊夫，「整個宇宙都在其中，體積沒有按比例縮小」。波赫士在小說裡展現的「看」，早已超越眼球可承受，記憶無從容納。無庸置疑：

12 大江健三郎（1935-）。其作品往往疊加在私小說的複寫上。古義人是晚期作品計畫「奇妙的二人組」三部曲《換取的孩子》、《憂容童子》、《再見，我的書》的主人翁，包括其後《優美的安娜貝爾．李寒徹顫慄早逝去》、《水死》仍繼續沿用此角色。古義人的日文發音，與笛卡兒著名的「我思 cogito」拉丁文相同。

他見過。

於是，波赫士告訴我們，他盲了之後，所見的不是黑色，難受的是黃色、綠色還是藍色。黑色反而是他最懷念的顏色。至深的黑色。

3.

無獨有偶，與波赫士同世代的法國作家巴塔耶，也是位圖書館員。他宿命的盲眼來自他的父親：在他出生時，父親因為嚴重的梅毒而失明、癱瘓與瘋癲。那是他的終極意義，父親的形象，否定世界給定的一切意義。巴塔耶的極致之眼，不僅在於「看見」到「看見更多」，而是在於逼到極限後的「失能」。巴塔耶逼迫死亡，像是擷取出死亡瞬間的那只眼睛。那個失能的眼睛，與其說是死者之眼，更逼近死亡的眼睛。那是死亡的眼睛。

「人的眼睛既無法容忍太陽、性和屍體，也無法容忍黑暗。」只有失能之眼能看見的世界，能看見「黑暗」之眼（對正常來說，黑暗只是「看不見」）。這同時也是預言之眼，預先取得死亡所見風景之眼。

4.

「當你凝視深淵，深淵也凝視著你。」

對我們這種族類而言，需戒慎恐懼的，不在於不要成為怪物。而是，如果看不到深淵的凝視，等於一無所見。你必須要看得見凝視著你的深淵，看見深淵的凝視，直到瞥見正在凝視著深淵的凝視的，你自己。

「誰，在哭泣，如此靠近我，在我哭泣之時？」梵樂希的《年輕的命運女神》如此寫。而誰，又在我凝視黑暗時，如此靠近地凝視著我？

「我在看我在看我自己」，梵樂希的這句話，既是謎面，亦是謎底。當一道深淵在你面前展開，一幅地獄景色在你面前上演，最終的觀看，不是看與被看，而是藏在裡面的裡面。猶如那位成魔的畫家，不可能地看見了，最終留在自己視網膜上的，那幅永恆烙印下的絕美畫面。

魔鬼的耳語

1.

如果你懷疑眼前出現的幻影，你可以走向前去，伸手觸摸。或詢問身旁之人，假他人之眼確認。即便觸碰不到，或往前一撈如水中撈月一碰即散，至少得以證偽。或是腦中幻視，或是鬼魅神靈，或是海市蜃樓。確認那不存在的存在，或存在著的不存在。

然而幻聽發生時，猶如耳語，只對你如傾如訴，那只由你一人知曉的祕密。你觸摸不著，音源像在極遠之處，譬如上帝，譬如魔鬼或天使，或是祖靈與精靈，或是無以名之的那個聲音。不僅遠，更超過了距離，在距離之外，隔絕之處。你聽到的，是不可能的聲音。而偏偏不可能，是引起追求一切可能性的最佳催動慾望靈藥；聲音又如此近，比耳邊廝磨的甜言蜜語更加私密，更加誘人。影像的模糊令人不悅，聲音的模糊卻讓人難以忘懷。神諭越是曖昧，效果越大。在內心當中無限回響。

若大腦未必是個能重複播放影像的螢幕，至少是稱職的留聲機。一句話打進心裡，便會無盡回響，直到失魂落魄，遭此劫持。

追求幻影者，終有幻滅之時；追求幻聽者，藏著更深的慾望。成為瘋狂的慾望，將瘋狂視為真理，至死不渝。

2.

如果真理，或命運，只對你一人訴說？

比耳邊的悄悄氣音話語還輕，卻是一個理性與意志堅強之人也難以抵擋的詛咒。

伊底帕斯欲逃離德爾菲神廟神諭所預告的命運，往反方向而逃。早在他出生之時便已判下的神諭，在此完美地負負得正。他用盡一切意志逃避，卻是遠離安全，奔向危險。可怕之處不在應驗，是在人以極大的理性與意志對抗耳語的暗示，卻是一步一步走向安排，飛蛾撲火，自投羅網，彷彿內在的基因建置。愛妻，且同時是生母的伊俄卡斯忒自殺。而伊底帕斯王自戳雙眼，因神諭在內心不斷耳語所釀成的悲劇，他以損毀視力作為自懲。此後他將活在聽覺的世界，永無止境的折磨。

或是出現在哈姆雷特面前的鬼魂。鬼魂的影像可以與哨兵共享，與身旁的友人赫瑞修一同見證。可是鬼魂不願在此共同見證中言說，僅僅現身，便如煙縷消失。唯有那憂鬱王子哈姆雷特，知道那現身而未言語的鬼魂，其欲言又止所欲為何。影像可以共同見證，耳語則否。鬼魂的身分，鬼魂的祕密，對哈姆雷特一人訴說。彷彿，鬼魂的現身，與引起騷動，僅為了此耳語。僅能令哈姆雷特一人知曉的祕密。一如哈姆雷特的懷疑，才是鬼魂的召喚之因。哈姆雷特未必確信那是父親的鬼魂，卻無比介懷那耳語透露的祕密。不惜以瘋癲為代價，證明耳語揭露的真理。表面的裝瘋並非真瘋，然而不惜裝瘋與置身險境的慾望，卻已是比這更為瘋狂的瘋狂。最終，「to be or not to be」的問題，竟也是貫串了整個悲劇。是為一個經典悲劇英雄的內心話語，由內心魔鬼挑弄自身的耳語。

當然，還有那染著血的匕首的意象，弒君者馬克白夫婦。三個女巫預言對著馬克白與班柯述說，然而私密的耳語並非語言的公眾溝通，更傾向於心理的認知作用。若馬克白在應驗了第一則預言仍有所遲疑，馬克白夫人，這位未親耳聽見預言者，卻成為詮釋耳語者，催眠了自己也催眠了馬克白。她的耳語真正魅惑了馬克白，或不偏不倚配合了想被煽動的馬克白。於是，在心中響徹，遮蔽一切其他聲音的內心耳語，生成的一切畫面，必得以現實為代價實踐：出現了染血的匕首，就必然需要一個死者。耳語永遠不是一開始聽見的話語，而是深植入內心。自語者否定一切現實，以最強的意志推動現實。如果君主仍在，就弒君完成命運的選擇，是為宿命，亦是道德。耳語的命運乃唯一的真理，存在於心不得否認。受耳語之毒害者，幾近瘋狂。

3.

語言的力量，在於決定了你是怎樣的行動主體，也推動了故事。

如果藍鬍子告誡不能打開那最後的房間，那房間就一定被天真少女妻打開。

如果禁止窺看妻子獨自在房裡做什麼，就一定會看見鶴妻以羽編織的禁絕祕密。

浦島太郎一定會打開那交代過不能打開的玉手箱。

宙斯囑咐的潘朵拉之盒不能打開，最終終會開啟。

奧菲斯必定沒有忘記黑帝斯的警告，才會在即將把妻子帶回陽間時回首，看見亡妻墮回地獄。

魔鬼的耳語，有時是神啟，有時是精怪惡戲，或是人心算計。有時正面暗示，有時挑中了人心欲觸犯禁忌的一面。更多時候，是模稜兩可，那未必有明確意義的一句話，在你心中誕生無限意義。

於是即使明白也防不勝防。可怕的不在於以善邪形式現身，說出預示命運或告誡禁止的話語。更無關你相信、懷疑或抗拒。在話語接受那瞬間，一把抓住你的弱點，你靈魂裡最為恐懼或最為壓抑的渴望的時，注定成為耳語的俘虜。

你既是那魔鬼，也是那被魔鬼玩弄之人。對自己說著耳語，一步步朝向毀滅。

莫非只能束手無策？看看兩位希臘英雄如何抵抗賽蓮女妖令人致死歌聲：俄耳普斯以自己美妙豎琴壓過誘惑歌聲，奧狄賽甘願受縛專心在船上聆聽其歌聲是如何引人失神。唯有他們，暗示著對抗魔鬼的耳語的方法。要不以更大的意志蓋過聲音。要不意志堅定強迫地預先制止自己的失魂。

像在棋盤上先手占據有利位置，在話語引導你的主體狀態前，預先設好逃出口。

於是弔詭的，不受耳語誘惑者，是一開始就不會被誘惑之人。到頭來如此宿命。

無法觸碰

1.

巴塔耶：「觸碰禁忌不是在於破壞它，而是完成它。」

殺人、亂倫、玷汙神聖、乞靈於邪惡、接觸難以操控的力量、竊取聖物、淫人妻女、破除戒律、被魔鬼引誘、進入禁地、說出禁止言說之事、擅離守護之人物或地點。

權力在哪，禁忌就在那；禁忌在哪，觸碰禁忌者就在那。

以神聖之名，以傳統之名，以秩序之名，以共同體之名，以不知名。

2.

猜想一下越界者的模樣吧。也許放蕩不羈、走投無路、孤注一擲，在某種極大的恐懼與極大的興奮，如此猶豫又如此堅決。那是以自己的全然覺悟正面迎擊前方的未知。那是種絕然奔向風險、失去所有、遭人放逐的命運下注，當然，朝死亡深淵墜下的決心。

越界者不僅僅挑戰自身，去獲取不可能允諾的禁忌背後之物。越界者首要目標是挑戰界線本身，以己身（是的，即便最抽象、神祕的禁忌，要求的代價往往更為「肉體」）越過不能觸碰之線，令精神失常、令名譽全毀、令肉身支離破碎，然後試圖動搖界線。

越界，是認識的企圖，接觸無法認識、禁止知曉的事物。是溝通，與不可言明事物交流。越界，是罪行。認識之罪，溝通之罪。企圖走出牆外者，企圖理解不讓你知曉真相者，所承擔的罪行。

3.

禁忌看似平等，實則非然。不僅非平等，此乃是不平等之起源。誰決定禁忌的界線？誰知道背後守護的真相？誰決定誰可以守護禁忌而阻擋他人靠近？如何一面守護禁忌又如何與禁忌溝通？誰掌有詮釋權可以告知大眾禁忌之意義？誰有權威維持禁忌的不可靠近與排序？誰能懲罰意圖觸犯禁忌者？誰有權選擇可以一起守護祕密者又如何選擇傳承者？

掌握禁忌者，即掌握權力者。能選擇犧牲者，以罪人獻祭，讓禁忌驗證其力量，也讓祭司穩固力量。

於是，若人類的歷史是鬥爭的歷史，那也會是不斷觸犯禁忌的歷史，也是不斷求知的歷史，認識死亡、不可能性、至高無上的歷史。消滅一切歷史的歷史。

4.

弔詭在於，若不觸碰禁忌，何以認識？維持禁忌之力之人，恫嚇眾人不可靠近？

譬如成為禁忌本身。但那如同將自身放逐於世俗之外，從此不可被碰觸，也難以碰觸他人。成為禁忌者，意味著成為世俗的禁忌，世俗的一切亦成為他的禁忌。他成為最不可被理解、被碰觸，無比孤寂者。

或是以身犯險，通過考驗，通過致死威脅，通過儀式。或如流放的王子，最終能從險境回來，以見證者、碰觸過且征服過禁止之力，與神靈或鬼怪打過交道。

力量維繫在他身上，為神聖認可。唯獨秩序必須永遠維持，一但維繫不了，包括天災降臨，像是天怒啟示，他將成為首要犧牲的對象。

或是集體的守護，以經典化的知識或儀式，以層層方式保護。觸犯禁忌之罪由代罪羔羊承擔，我們都是有罪者，將其對禁忌的認識慾望寄託於羔羊上。

5.

禁忌所呼喚我們的，是禁止碰觸，還是招喚我們前來碰觸？

禁忌不是我們不願碰觸而欲敬而遠之的事物，禁忌是全體意識甚至集體無意識最欲碰觸的事物。因此寧願自相殘殺、徹底混亂、砸毀所有文明也欲得到之物。那是集體的噩夢。

若個體永遠有朝向死亡的終極慾望，性高潮終極狀態是瀕死之境。那麼禁忌在一切不可允諾的唯一允諾，是以必然的毀滅給予你至高無上的高潮。足以打破所有限制的力量，讓個人的意識甚至身體瓦解，是可以讓一切價值都失效的價值。

正因如此，需要封印。同時，因為成為禁止之物，慾望得以無限累積。禁止越是嚴厲，越有越界誘惑。觸碰，同時是被觸碰，越界者所欲求的，不僅是雙手碰觸的時刻，更是被禁忌的力量包圍、恍惚、癱軟無力，體驗力量的時刻。

母音的顏色

「A黑色，E白色，I紅色，U綠色，O藍色，母音啊，有朝一日我要說出你們潛在的生命。」

韓波，永遠的少年詩人如此宣稱，世人卻等不到這「有朝一日」。不僅是因為他在二十歲之前進行的「文學的自殺」，此後放棄寫作（這是多少作家起步甚至尚未起步的年齡？）。也在於他在〈母親〉之後，發表的代表作《地獄的一季》著名的〈語言的煉金術〉一章裡，以散文詩的形式再次提及母音時，告知我們永遠得不到這祕密了：

「我發明了母音的顏色，A黑色，E白色，I紅色，O藍色，U綠色。我確定了每個子音的姿態與動作，某天或其他，我會用天然的節奏，創造一種可被一切感官接受的詩歌語言。我保留這個翻譯。」

姑且不論「可被一切感官接受的詩歌語言」是什麼，在這裡，我們可以感到兩個文本之間堪稱決裂的姿態差異。原先的詩篇裡，韓波的述說對象並不是其他人，甚至不是讀者，而是「母音」本身。像是祈求對話，請求母音賜給他言語，那藏在元音當中的寶貴礦脈。又像已經默默明瞭言語祕密的先知，尚待有朝一日允諾他開口說話。

那時，他清楚描述了布滿色彩的畫面。

關於黑色的A，是「在惡臭周圍縈繞的蒼蠅的絨毛背心」，是「陰暗的海灣」。

關於白色的E，是「水氣與帳篷的純樸」，是「驕傲冰川的尖端、白色國王、傘形花的顫抖」。

關於紅色的I，是「殷紅、濺血」，是「美人的雙唇在惱怒或微醺中的笑」。

關於綠色的U，是「圓圈」，是「銘綠之海的神聖波動、牧園裡動物的平靜」，是「鍊金術師烙印在專注的額頭皺紋裡的安詳」。

關於藍色的O，是「至高無上號角發出的奇異尖聲響」，是「穿行在世人與天使間的沉默」，亦是「Omega 眼中的紫色光芒」。

母音當中看見顏色，顏色召喚意象。詩人興奮地從他口中，迸發出一系列的單色圖景。

如果有人幫我們遮去了文學史，看到這裡，我們會以為，此後將有無數的充滿色彩的詩性語言，在他未來作品的畫布上。

令人不解的是，文學史上猶如彗星劃破天際的韓波，彷彿壓縮了他人一世摸索的歷程。在《地獄的一季》的最終篇章〈告別〉裡，那曾經以為自己是魔術師、是天使，不需任何道德的詩人。在創造過「各種節日、各種勝利和各種戲劇」，甚至嘗試著發明過「新花朵、新星辰、新血肉」，還有新語言後，並非展望未來數十年的創作圖景，而是宣告：

「我必須埋葬自己的想像力和回憶。」

如此多的「我」的完成式（我曾做過、我曾試著做過），在詩篇誕生前，已經完成了。巨大的沉默無可避免地到來。這份才華，決意埋葬。

回到母音的顏色。在前一首詩篇中，他面向未來，心懷壯志，隨手一揮，色彩填滿了意象，爾後滿溢，覆蓋輪廓。像是詩句一出，便超越了語言，到了話語不曾到過之處。在這裡，他卻一轉先前的態度，他這回「發明了」顏色。他使用了過去簡單式 passé simple。與完成式作用相同，差別在於是書寫專用時態，以及這個「完成」與當下更加的無涉，譬如歷史與傳說。不僅如此，他甚至找到子音的祕密，不是顏色，而是它們的形狀與動作。

韓波訴說的對象，也許是讀者，也許是自己，也許是語言本身。那個「某一天」所允諾的，已擴張在視界之域外，是「所有感官能接收的詩歌語言」。只是，這樣的詩歌即使寫出，他也將「保留翻譯」，不再如過往熱烈地告訴我們了。

韓波的決斷，對於自己的詩歌語言的態度，在轉瞬間，已由充滿象徵（蒼蠅的絨毛背心、水氣與帳篷的純樸、穿行在世人與天使間的沉默……），轉變為更為神祕的現代主義。在〈告別〉裡堪稱為文學史上最有力量的宣言之一：「必須絕對的現代」。弔詭在於，所謂現代主義，不座落在任何的時代或時序，甚至不在於書寫的內容或創作形式，而是說出這句話的姿態本身。彷彿詩人的語言不是為了美感，而是通往最終的決定。如同我們無法以傳記史學的眼光來看待韓波作品的「歷史」：詩人之眼所見，無法以時光度量。

〈語言的煉金術〉開頭，他說：「是我的。我的一段瘋狂的歷史。」在這矛盾地宣稱（不然會屬於誰呢？），他自詡「擁有一切可能的風景」，以至於對於他人的創作，覺得微不足道。彷彿一切創作出來的事物已經無法滿足，寧願無語，寧願流浪。而為了這「某一天」到來的可以被所有感官感受的詩篇，他潛心研究，書寫沉默、夜晚，記下無法傳達的事物。最重要的，他「凝視眩暈」。我們也許可以將此拼湊成他最後的視覺。過往的他，走過有形的色彩——綠色的酒館、夏季的藍色黃昏、法國紅軍與德國綠軍的交戰、玫瑰色的冬季——直到祕密的母音純色，充滿象徵的色塊，專注於輪廓的邊緣（冰尖、鍊金術師的額頭皺紋、美人的神祕的嘴角）。最終，是落入黑夜裡沉默的、以詩人意志凝視下的眩暈。

於是，終於可以跟這一派浪漫的世界告別。

請勿忘記，他仍回來過。《地獄的一季》歷遊後，韓波帶回了《彩畫集》。詩集的最後一篇散文詩，篇名叫〈精靈〉。Génie，精靈，亦是靈感。這位精靈不會離開，不會從天而降，也不會贖罪。可是至少，精靈啊，「曾被愛過」，且「曾認識我們，也愛過我們」了。

在那一瞥中，即使不是最後，也是瞬間，亦是永恆了。

香氣時光

一八九三年，年輕的馬塞爾還不是大家日後熟悉的普魯斯特。離他出版《追憶似水年華》第一冊《在斯萬家那邊》，還需要再等二十年。他還是少爺，是社交界風評有些微妙的寵兒。最重要的是，當時母親尚在，他仍是那個天天與母親通信（即便兩人在巴黎就住樓上樓下）、備受寵愛的兒子。

這一年，他在雜誌上發表一篇叫〈回憶〉的文章。

他說，前一年，他在T城某個面海的飯店度假。若是一位普魯斯特的讀者，不免聯想，這段回憶裡，也許藏有日後書寫巴爾貝克，書寫那群花影下的少女，關於阿爾貝提娜的原型。

挑剔或潔癖的馬塞爾，形容這間飯店「冒著無味蒸汽的廚房、骯髒的水，灰撲撲的牆上，只貼著庸俗華麗的壁紙」。而這樣的地方，「折損了」他的靈魂，使得他幾乎抑鬱到生病。

他幾乎悶出病來，絲毫不在意外頭的海或街景。某日，一陣狂風颳起。這陣暴風雨般的風，穿過了窗戶，進到走廊。突然，轉進了他的房間。接著，他聞到一股「美味的卻罕見的」香味。

關於這香味，馬塞爾毫無頭緒。嗅覺似有若無，搔癢著鼻腔。

他無法分析這令他中斷感受與思想的突然香氣。這香氣如此複雜，豐富的花香，以至於整個房間，像是個花園一般。

如果你讀過他著名的「瑪德蓮時光」的片段，或是最後「尋回的時光」的連續回憶場景，這裡的反應會使得你相當熟悉：馬塞爾會靜止不動，放大感官，像怕驚擾了這份感受，或以身體姿態的停佇，試圖讓此刻停留得久一些。

譬如《駁聖伯夫》提到的，他與朋友在林中走路，眼前林木的布局、形狀與光影讓他想起了什麼，於是叫朋友前行，留他獨自回想。

或是《尋回的時光》中，敘事者偶然站在凹凸不平的石磚上，喚起他熟悉的感覺，於是保持著不平衡的姿勢，踏過威尼斯聖馬可大教堂前的地磚找回記憶。當然，還有瑪德蓮，他在進入那時光的第一反應，還摸不清楚那異樣的幸福時，也是不敢輕舉妄動的。

不過，此刻的香味，並不是之後一再反覆書寫的，藏有時光密碼的私密體驗啊。那是未知的組成，猶如偷窺般地，如此色情地，嗅聞著在不該屬於這個房間的香氣。風悄悄帶來的，不知道是誰的香味。

畢竟，這時的馬塞爾，還是二十多歲的青年，還不擁有任何經驗。這香味意味著是朝向未來的經驗，還未曾經驗過的經驗，留待未來追憶與懊悔的經驗。

他走出門，看見隔壁半掩的門。他知道香味來自哪裡。忽然又一陣風，濃烈的香再度襲上他的鼻腔，「砰」的一聲，門因風關上，像是將他拒絕在外。

他打聽不到關於房客的其他訊息，只是總會留意那間房裡的聲音。一男一女，女子的名字是，Clarence，克拉倫絲，英國名字。

他想像不到，是基於怎樣的原因，這間並不舒適的旅館，會住著使用那麼高雅的味道香水的女子。他如何去聽，都聽不到任何實用的訊息。

只有一回，他一閃而瞬她的身影，然後遁入虛空。但那瞬間所留下的逃逸之線（他真的使用「逃逸之線」一詞）展示的，是某種精神性的、獨一無二的，是某種「至高無上的美的啟迪」。女人撇過頭去，身影高挑，身型則藏在棕色與粉紅的大衣裡。

隔幾天，他再度聞到那香味，無比強烈。這濃烈無比的氣味，這回的符號，指涉的卻不是女子的存在，而是她巨大的缺席。

他看見那間神祕的房間完全敞開，裡頭空無一物。打掃的女傭說，他們今早離開了，打破了一罐香水罐。

他拾起香水瓶碎片，上頭還有幾滴香水，將這香味帶進他的房間。

二十出頭的馬塞爾，因為這個香味，翻新他在這乏味世界中的平庸人生。對他而言，那是猶如陷入戀愛漩渦的感受。他私自保留這殘存的香水，像保留一個祕密。只是他永遠也無法得知香味背後的故事了：他們是誰？他們關係如何？他們為何來到此處又為何離開，又為什麼，香水瓶會打破在地呢？

「這滴濃烈的香水浸潤入我的生命」，馬塞爾說。

也許，再過二十年，當他終於寫起理想的作品，寫到關於愛情的種種面貌時，那香氣仍會似有若無地，留在他腦海裡。

走在鵝卵石海灘上，每一步都在考驗平衡，感受石頭的碰撞。
感官之間似乎也因此彼此碰撞著。
我喜歡走路，某些記憶特別之處，在於腳底的異質感。鵝卵石海灘人跡罕至，每個人像是重新學步般搖晃行走，起初笨重，習慣了便感輕盈。
腳底也會記憶，就像普魯斯特偶然踏上凹凸不平的石磚時，找回了在威尼斯教堂前廣場石磚的記憶，連同運河上撐舟者的歌聲都找了回來。

無法完成

1.

博納富瓦（Yves Bonnefoy）：「自此以後，他只愛在畫作當中的草圖。自我封閉的特性，在他眼中是背叛了上帝，比起完成作品的歡快，祂更喜愛追尋當中的焦慮。」

我們可以閉著眼，想起一些「無法完成」的作品。這些作品似乎執著於一種（或多種）以上的追求。

最貼切的例子，便是普魯斯特的《追憶似水年華》了。為此，我寧願以這貼近原文的譯名：《尋找逝去的時間》。這是普魯斯特的賭注：如果再多活一日，他就會繼續多寫一日。為了尋找時間，因而大量地耗費時間於書寫，最終又靠著書寫贖回時光。

所以，這本書的宿命注定如此：它將終於書寫終於之處。不是因為這本書完成了、寫完了，而是作者的書寫時間走到了盡頭。那便是再簡單不過的，能投注於書寫一本書的時間極限了。

普魯斯特的賭注，使得結局如此乾淨，懸念得沒有懸念，或謂留下沒有懸念的懸念。生命走到盡頭了，而作品仍在書寫的那刻停駐。生命有限，而書寫無限。

2.

關於普魯斯特與手稿的軼事兩則。

一是他手稿的樣貌。第一印象，是其字跡難辨，過分刪改，插入字句瘋狂增長如無主破屋外的藤蔓，頁面的空白處不夠，貼上紙片延伸出去。於是他的手稿像是兒童繪本的立體書，紙頁上摺疊許多紙片，輕輕一拉，紙頁蔓延。如同他的書寫，無盡。

他的手稿確實是草稿，其中包含草稿的草稿，草稿外的草稿，草稿內的草稿，取代草稿的草稿，草稿生出的草稿。

他的反覆書寫，並未如某些寫作者，逐漸塗抹掉思路，掩蓋嘗試的筆觸，反倒如有意為之，持續寫，持續讓書稿回歸到未完成的狀態。哪怕只是一頁，也始終在他的書寫惡習中，成為隨時可能遭殃的紙頁。也曾聽聞，編輯將普魯斯特的手稿打字後（多麼艱難的任務），將打字稿交還給作者。校正或修改，他皆不為。編輯收回的校訂稿，上面充滿普魯斯特再度書寫的字跡。刪去、增添，然後依然填滿了空白處，必須貼上紙片延伸。換言之，他將打字稿再度還原成手稿。

二是他生前的最後兩年，彼時他的鉅作出版的部分大約剛過一半。一九二一年，他在未通知出版社編輯的狀況下，在一個新創的刊物《自由的作品》（*OEuvre Libre*），刊載數百頁的小說《嫉妒》。內容與他即將要出版的第四卷《索多瑪與戈摩爾》部分雷同。簡單來說，他選取了小說的一部分，偽裝成一個獨立的小說稿，交給這個刊物發行。

儘管出版社編輯有苦難言，一九二二年，他依然故我，將《無用的預防》手稿率先給這個雜誌。而這篇稿子的內容，其實是《追憶似水年華》第五冊《女囚》的濃縮版本。文學史有時有點惡戲，就在交出這份稿子的一個月後，普魯斯特病逝。所以這份不在出版社安排內，甚至有些玩弄編輯（有一說是普魯斯特有喜歡「引人嫉妒」的惡習）的手稿，成為他第一個死後出版的小說。

為什麼是這份雜誌呢？這份雜誌標榜刊行作者的作品而「不加以編輯」。普魯斯特不僅遊戲，至少他是認真的遊戲，他稱這兩份稿子為「未經編輯的完整小說」。也就是說，若不是歷史忽略了，依作者所見，這並非部分刊行，也非草稿。而更像是因為這未經編輯，所以這兩本作品取得完整性。因為未經編輯梳理，才得以完整。

雖然，這段歷史幾乎無人提及，但就像個小小彩蛋，透露了作者的意圖。說不定他總希望，以完整面目出版的《追憶似水年華》，還能有朝一日，被還原成手稿，而書寫再度啟動。

3.

昆德拉：「所有偉大的作品（惟其偉大）都包含一個未完成的部分。」

暫且保留且不以這樣全稱式的宣稱，不過若翻開昆德拉的文論（猶如我現在嘗試書寫的，關於文學的文論），反覆提到的重要的「歐洲式」的小說，許多確實含有「未完成」的印記。

例如布洛赫（Hermann Broch）的《夢遊人》，在昆德拉眼中尚留下了哪個「尚未解決」的問題，使小說成為與世界「徹底剝離」的，且能完美焊接哲學與夢的敘事，並能完成一個小說式的論文體。除此之外，哈榭克的《好兵帥克》、穆齊爾《沒有個性的人》，還有卡夫卡《城堡》都在某種程度上尚未完成，或說不能完成。

有些作品確實擁有終極作品的特性，是選擇投入這項寫作時，便明白那是再也走不出的迷宮。

4.

例如揚．波多茨基[13]《薩拉戈薩手稿》。這本書裡，敘事裡包含著敘事，一個人的故事，遇上另一人時，便開啟多重的故事開口。故事裡的第一人，原是他的故事，而他開了口說了故事，故事裡的人又說了另一個故事。故事在每個人的口裡蔓生，在相遇間失控。直到波多茨基無法收拾，在自己魔狂般的敘事間迷路。一七九四年、一八〇四年、一八一〇年三度動筆，混亂之上再套上混亂。一八一五年自殺之時，仍然未定稿。這「無法完成」版不僅存在於作者有生之年的書寫中，也出現在命運多舛的出版中。

若說這小說是「故事中的故事」，這另外歧出糾葛的「故事外的故事」則與語言有關。波多茨基寫起這本書，並未以其母語波蘭文，而選擇以法文書寫。恰

[13] 揚．波多茨基（Jan Potocki，1761-1815），波蘭貴族。他是軍官、出版家、考古學家、民族學家，也是偉大的冒險家。除了歐洲之外，足跡也到了土耳其、埃及，甚至蒙古。當然，也是一名作家。他是波蘭第一位搭乘熱氣球升空的人，也創建了華沙第一座免費閱覽室，也寫過不少膾炙人口的遊記。
他自一七九七年開始動筆書寫《薩拉戈薩手稿》，多次動筆未綴，導致有不同版本。

好與這本書的前言成為鏡像。書的一開始，交代了這一切故事的開端。這份在薩拉戈薩的「手稿」是由一個法國軍官發現。然而他不識西班牙文，隨身帶著，直到被西班牙軍俘虜。他央求長官別沒收手稿。西班牙將領看了手稿，發現敘事者與他祖先有關，於是他翻譯成法文，與這俘虜一起閱讀。於是，打從一開始，就是個使用非母語法語的作家，虛構了一個西班牙原文的手稿，再由當中的角色（除了翻譯出文字成法語外毫無用途的隨後即隱身的角色）翻譯成法文。

這本書，在十九世紀時，在法國發行不順利，也無人認識。後來由波多茨基的兒子將較完整的版本託人翻成波蘭文出版，在其祖國波蘭獲得一定的地位。

直到一九五八年，才由法國作家蓋伊瓦（Roger Caillois）重新編輯，並請託人由波蘭文將缺漏部分翻譯回法文，第一次有「較為完整」的法文原版面世。直到二〇〇二年，才有學者找到波多茨基三個版本的法文手稿。將一八〇四與一八一〇各成為一個版本出版。

如此瘋狂的書寫，竟讓手稿化作書本的的歷程如此奇詭。他在手稿上虛構一個手稿，而他這份手稿成書過程散逸。長期而言，這本書只有不完整的法文原版與相對完整的波蘭文翻譯版本，過了一百五十年才重新出版法文原本。而二〇〇二後找回的書稿，將缺漏補足，且呈現了版本差異。這不僅是終於呈現一本書原本該有的完整面貌，而是包含著一切的過往版本後，漫長冒險的歇息了。

5.

或是在巴士底監獄的薩德。在監獄裡，他腦袋裡構築超越人類能想像的最大殘忍，狂熱地寫下《索多瑪一百二十天》。

一群變態貴族，姦淫亂倫宰制自己身邊之人尚不足，同盟交換如同自己「財產」的肉體。四人覓得一處無人造訪的古堡，擄來童男童女，在四名陪嫗、四名老鴇、八個有巨大陽具的肏漢，依計畫按表操課，疊加慾望的強度，將最為淫蕩與暴虐的景象實現。那是個慾望的加速器，核子反應爐，慾望衝破了所有的需求與滿足，慾望將自己養成怪物，等待在眼前的只有毀滅。那些施虐致死無上快感，惡的毫無拘束。惡不需在善的尺度下衡量，惡就是否定一切尺度。在你以為抵達極限時，包括作者也已乏味無力時，仍繼續書寫，抵抗監獄對人的自由的全面限制。

當然，《索多瑪一百二十天》的未完成，可以說是某種外力中斷。薩德將手稿小心翼翼捲起，藏在巴士底的牆壁中。直到法國大革命毀去了巴士底監獄，才重見天日。不是別的革命或事件，那是法國大革命，是毀去一切舊秩序與道德的、人類史上（至少歐洲史上）最為重要的革命。毀去巴士底監獄，如同對舊時代一個最堅決的宣稱。推翻了絕對的秩序。在這否定中，解放了這個文本。負負得正，書寫最邪惡故事的手稿，被最知名的革命「發現」。

無論這出土史如何誘惑人思考，這作品的書寫，本身就內涵著「不可完成性」。看似有縝密計畫的「一百二十天」，是將巨大的慾望縝密安排，以鐵律般執行極惡的色情。然而，想要證明的似乎只有一件事，慾望是可以無窮無盡的，慾望可以超越所有理智與秩序，而且永遠達不到頂點。就像裡面那句令人懼怕不已的話，在經歷那麼多泯滅人性的荒淫與虐殺後，其中一人說：「我們所做的一切最大的惡行不過如此。我多想把地球扔到太陽裡，但比起這個，我們的惡微不足道。」

不可完成，基於其「不可能」。如同米榭．德龍（Michel Delon）所言，這是「想像力的超支」。超支，或是疲憊，想像力不如我們美好歌頌的，屬於創造屬於未來的。極限的想像力（可能是真正的想像力），是無限的地獄，破壞一切包括自身的。

書裡的貴族們，以萬貫家財與冷酷意志，將幻想的地獄化為現實。但在紙頁之上，拿著鵝毛筆的薩德，在限縮的牢房裡，正在用他的想像力，供給裡頭一切的不可能的奇思異想、徹底否決人類的惡的底線，並以實踐推翻一切的劇場。

世界對人的限制是無限制的，然而想像力對於現實的抵制亦可以無限制。書寫的未完成式，某種程度也是永遠的現在進行式。

4.

不可完成，除了某種在某些罕見的書寫意志與獨特作品的結合，偉大作品的命運，或是某種追求不可能性。另外也許是對於「完美」的另類沉思，如米諾的維納斯，那份缺陷，才是作品的永恆形象。

波赫士：「完美的作品，其中任何一個詞的變動都會傷害作品本身，它是最不穩定的。（……）命中注定要不朽的作品則可以穿過書寫的錯誤，近似文本、漠不關心的閱讀、不理解的火牆，不朽的作品經得起烈焰的考驗。」

那些未完成的作品，不管是猝死的穆齊爾終究無法完成寫了二十多年的《沒有個性的人》；重病的哈榭克，即使口述也無法不讓《好兵帥克》在他手中中斷；卡夫卡的《城堡》、《審判》、《美國》一個個，在無人知曉的狀況下，他以無法完成收尾。

也許那更接近於完美，更接近於理想的作品，至少接近了。那些戛然而止的書寫終止瞬間，作者放下他的筆，不論理由為何，似乎是另一種永恆的書寫的誕生：永遠停留在另一種書寫準備重生的那一瞬，無限重複。那些作品不管多少的整理、注釋、完整呈現，都將讓作品永遠保有「原稿」的純真。

如波赫士說的，這些作品「經得起烈焰」。在巴士底監獄大火後被發現的《索多瑪一百二十天》，或是卡夫卡託付給朋友令他焚去的手稿，終究成為文學史上那些最值得反覆閱讀的作品們。

而擁有這中斷一瞬特質的作品，也誕生出無數受其影響的寫作，朝未來蔓延，直到這些中斷，最後發現其實是銜接。

我是他者

1.

「因為我是他者（Car je est un autre）」。不再寫作的韓波，於一八七一年五月十五號寫給詩人好友德蒙尼（Paul Demeny）留下了這句話。在缺乏動詞變化的中文語境裡，不易掌握到這短短一句話給予後世的震撼。句中的動詞「être」如同英文的「be」，不僅是「是」，更是「存在」之意。如果他這句話只是一般的「我是」，這「他者」並無特殊，我是風，我是太陽，我是憂鬱，「是」乃是隱喻的喻詞。「我」連結起不同概念、特質，相似的或反差的甚至荒謬的。

然而那並不是「我是」。這裡「être」並不是跟著第一人稱「我」動詞變化，這個「我（je）」跟隨著的動詞，竟是第三人稱。意思是，當「我」所「是」時，已經是「他者」，成為同義反覆了。

某方面來說，這理解不難。「我」可視為代名詞，虛構的主體，或假借的主體。

一個小說家可以以「我」寫下數十萬字而不等同於小說家本人。「我」，是個名詞，第三人稱的。然而弔詭在於，這不是小說，也非詩，而是在於一個書信當中。

根據班維尼斯特（Émile Benveniste）的人稱研究，「我」在一切事實之前，不論是陳述真理、捏造謊言或創造新事物，「我」一出口，已在語言不證自明：「我」是這陳述的擁有者。即使「我」陳述著沉默或是聆聽，這陳述的語言仍屬於「我」。這樣的「我」出口，後面的動詞卻直接將之化為「他」，以至於真正的威力早在「他者」之前。因為「他」，原本所處位置，就是不在這段陳述裡，在你我對話之外的「他」（尤其這是建立在你我溝通的書信裡）。「我」成為無數可能的「他」，與有名的、無名的、不知名的，總之在「我們」對話之外的一切之名同等了。但韓波的斷言，又緊緊抓牢，的確是「我」在說話，對你說話。只是這個「我」是如同在陳述之外，是「另一個」，卻同時假借著「我」之名與你說話。這個「我」，成了這整個句子裡，最陌異的的存在。連同這封信先前提到的所有「我」，甚至韓波所有寫過的「我」，不過是在他之外的「另一個」的占有。

「我」在對「你」訴說，以私密的信件形式。然而「我」只是一個第三人稱，假借著「我」之名者，這時，他者，才是真正有資格自陳的他者。比起說起自己是怪物、是有罪、是瘋癲、是有害、是詛咒，這以我之名與你說話的他者，看似什麼都沒說，卻也無話可說。

因為韓波提起的，並非異常的心理狀態，抑或故作姿態。也許並不真正威脅語言或文字，但是僅僅凌空指劃一個裂縫，那裡，早充滿各種陌異者的心靈。

2.

也許在文學裡特別清楚。

普魯斯特的《追憶似水年華》，如他所言，並非普魯斯特自己的回憶，也不單純是第一人稱的虛構言語。而是一個以「我」發言的敘事者展開的漫長記述（récit）。這過程漫長無比。在他過世後才發現的未完成小說《讓・桑塔伊》，從一個「我」出發，在某回度假時見到一個神祕的作家，然後多年後收到作家的手稿，手稿裡是一個第三人稱說起「他」——讓・桑塔伊的故事。

嘗試著寫起小說的年輕普魯斯特，採取古典的敘事法，迂迴帶出故事。這個假借一個虛構年輕人發現老年作家手稿，當中以第三人稱所述說的故事，卻十分

尷尬的，與青年普魯斯特的真實人生過於相近。這種表面虛構，卻擺脫不了真實人生的枷鎖，使得這作品終究得要放棄

欲蓋彌彰，越是隱藏，越無法逃脫「作者—我」的障礙。這作品不僅不願公諸於世，甚至也得宣布放棄。要再過了十五年左右，普魯斯特的「我」才誕生，這個「我」足夠在小說中抹去普魯斯特的名字，讓那個小馬塞爾變成真正的無名之物，而「我」是唯一真正的名字。

3.

卡夫卡喜歡寫小說，因為喜歡以「他」來代替「我」說話。

除了小說以外，他也寫日記。矛盾在於，日記無法避免的「我」的說話，卻無法視為袒露。那份日記不僅不坦率揭露，處處欲言又止，說話曖昧不明，甚至虛構。簡單來說，他很可能，即使沒有讀者，也忍不住在日記裡言不由衷。他會不會早已明白「我」的機制的虛假，在日記裡以撒謊潛逃？或許，因為正是在日記的機制裡，不得不面對「我」，而「我」就是世間最陌生的那一個。

也或許，卡夫卡真正的地獄，其實是擺脫不了的「我」的噩夢。在小說裡，讓Ｋ在各種冷酷異境中無比孤獨？因為錯誤安排出現在城堡外卻無法進入的土地測量員Ｌ？一個莫名其妙進入審判程序的Ｋ？或是更顯露且毋需再解釋的是在《變形記》裡，一覺醒來變成蟲子的男人，腦袋裡冒出的第一個念頭：

「我怎麼了？」

不妨幫這句話畫個重點：「我」，究竟怎麼了？

3.

或是那如彗星劃過二十世紀初的西歐，在舞蹈《牧神的午後》裡淫穢又神聖地打破藝術裡自我設限的牆，擺脫地心引力地跳，充滿魔力的尼金斯基[14]。

在他留下的日記裡，展現的是如此分裂多重之我，藉著「我」在說話的種種「感覺」：「我是個活動的人，不是固定的人。（……）神愛固定，我愛動作和舞蹈」，且「我通過肉體去『感覺』」。尼金斯基，以肉體及其運動，擾亂甚至目眩觀眾的種種「感覺」。這副神賜的肉體，不僅美麗絕倫，更有纖細的感覺。給予美麗的事物同時，賦予了脆弱的質性。

14 瓦斯拉夫．弗米契．尼金斯基（Vatslav Nijinsky，1890-1950），波蘭裔俄國籍舞蹈家。在巴黎演出開始引起轟動。其創作的芭蕾舞《牧神的午後》、《春之祭》等突破了傳統舞蹈的界線。

一九一九年後精神衰弱，後半生皆在療養院度過。其日記在死後才被妻子發現。

一九一九年，未滿三十歲的尼金斯基精神衰弱發作，至瑞士治療六週不果，這位也許是二十世紀影響最多藝術心靈的舞蹈家，餘生都在精神病院中度過。這份文字紀錄，《尼金斯基日記》就在那時留下。換句話說，那是療養院日記，被斷定「瘋狂」且無可救藥的時期。在那孩童的練習簿上（因此差點被丟棄），他寫下自相矛盾、意義難以捉摸的字句。第一句，就是關於他的瘋。可怕在於，若是一個瘋子的吶喊也罷，這本日記的開頭，是以第三人稱：「人們會說尼金斯基是裝瘋，因為他的行為惡劣。」

「我」，無論如何是要為自己辯護的，無罪也好，懺悔也好（譬如懺悔錄的形式）。然而尼金斯基緊接著的辯護，不是說自己沒瘋，而是自己沒有罪行：「我憎惡罪行，罪行是可怕的，我不要犯下任何罪。」

這聲稱真誠，卻又令人困惑。若他並沒有犯下裝瘋的罪行，言下之意是：他瘋了。沒有裝瘋，也許是世人誤判，但很可能如這聲稱所說的，他確實瘋了。在此，他無意去捍衛自己「不瘋狂」，但嚴正拒絕自己是裝瘋。

瘋狂與否，在他迷亂的書寫當中像是薛丁格的貓。

「我是埃及人。我是印度人。我是印第安人。我是黑人。我是中國人。我是日本人。我是外國人。我是陌生人。」

「每個人都會說尼金斯基已經發狂了。我不在乎。在家裡，我的行動已經像是瘋人。每個人都會這樣想。（……）我喜歡發瘋的人，我知道怎麼樣跟他們談話。」

「我」可以是任何人，是陌生人，是異鄉人，但這短短日記的「龐大無數我」的表述，卻未曾說過：「我是尼金斯基。」不證自明或不可言說，尼金斯基不受「我」、不受「我是」所連結，尼金斯基總是說：「人們說」。

尼金斯基是人們口中說的存在，瘋的或裝瘋的。而「我」不是人們，「我」在人們之外，瘋的或不瘋的，反正總是無人理解的。

於是，一瞬間，答案也許比任何推測都簡單。幾乎可以還原到傅柯考古追尋的，在瘋狂還不是理性對立，還未被囚禁、奪去力量的那個神祕時刻。尼金斯基不僅以肉身跳躍，彷彿擺脫引力原則，在精神上面，他或許也越過那個束縛人性可能的柵欄了。

尼金斯基的書寫證明，世上從來不曾，將來也不會再有任何一個像他這樣「瘋狂之我說話」。這個「我」說話早已是他者，第三人稱的。無所謂的「我」的瘋或不瘋。瘋狂本身會說話，假借「我」的名義，甚至占據第一人稱的動詞，而實際那總是最陌異，不可言說之物，在對你言說，喋喋不休地。

4.

在一生的書寫中做了許多嘗試，卻又彷彿做著同一件事，葡萄牙作家佩索亞[15]以無數的「異名者」書寫。其書寫實踐，已經不是單純的眾多筆名後的同一主體的偽裝。那更像是還原「persona」的原意，乃是面具。無數的面具，無數「我」，那些卻無法指向一般語義與彷彿不證自明的「我自己」。

譬如那本《不安之書》，精確地展現了「我意識著存在」的不適感：我意識到我、意識到我存在、意識到我在寫，竟如此安然的不安。是以，我寫未必故我在，因為書寫之中，我是空無，是個舞台，是座沒有出口亦無中心的迷宮。

如果我們考量到佩索亞的寫作方法：無處不寫、隨手而寫，任意（或是某種製造偶然的意圖）抓取各種紙張斷片而寫，並任其累積不刻意整理。如此，便可明白，《不安之書》能產生如此文學效果（「我」感受到我的存在是如此不安），不僅是組成此書的眾多的、抓住生存之逝之感的私密語言（彷彿牽動神經最細的纖維處），它本身的形式其實更有決定性的影響。當認識到這種「我」的書寫的本質，正是證成起無盡的朝生暮死的「我」的時刻，這本書的文學價值也就明白許多。它像一本沙之書，但不是對立於完整的「不完整」；一如無盡派生與流變的「我」並非某個完整之我的分裂，而是這才是「我」的本質。

單論「我之書寫」而言，佩索亞是比蒙田更極端的懷疑論者。因為蒙田「懷疑的我」仍然需要一個「我」的執念。在佩索亞，能依此忖度一切（包括自身）之「我」，早就在寫作中，以無盡蔓生的「一瞬之我」消解了。蒙田接納「我」之下的各種可能，佩索亞則是無盡的不同之我，同時以異名（創造無數異名者來書寫）與同名（譬如《不安之書》裡以索雷亞斯之名生產的各種面貌）。相對蒙田的「我知道什麼？」，他說：「我不曾知道什麼，這竟然是真的。」蒙田的準則讓自己維持在此刻思考的懷疑，佩索亞則以書寫當下片刻訝異於過去的虛妄。「我懷疑」已散逸在佩索亞的書寫，我是無，因而可以是任何東西。所以他說：「我是我的同者（我不知道什麼）與異者（我意識到並為此驚訝）。」

然後我們回首，發現，不論是波赫士、惠特曼、甚至塞萬提斯，皆曾以假託他人之名來呈現作品。他們皆醉心於「不是我之我」或「我的虛構」的微妙寫作恍惚感。彷彿關於書寫甚至宇宙最古老的隱喻，世界是個反覆塗抹的手寫板，書寫者只能偶然在其上留下將被抹卻的痕跡。而讀者，在那閱讀的恍惚間，似乎也有幸地，遙遠卻模糊地看見上帝那邊，巨大無形的手寫板。

---

15 費爾南多．佩索亞（Fernando Pessoa，1888-1935）。自少年時期開始，在內心神祕地產生「異名者」。
儘管真實人生是個平凡的文件翻譯者。終其一生的私密寫作，不僅是單純的創造。他至少創造出七十二個異名者與半異名者（較接近本人的人格），每個異名者都有自己的身世設定、哲學、背景、風格。他留下的筆記，詩、日記、Essays、評論都屬於不同的異名者。彼此會評論與解釋。
佩索亞一生的創作生活，如他所說：「我只是一個地點，人們在此生活，在此感覺。」

Honfleur 小鎮圍繞著港口發展。
我喜愛這樣的港口，尤其中小型港口船隻停泊並列的景象。
停泊的意象，像是我理想的文字狀態。無論是思想或感受，想像或記憶，無論多麼私密與獨特，其實都不屬於我。寫下文字的剎那，像是停泊的船隻，我的主體其實是個空間，讓它們暫時停靠。而停靠，意味著終將再度出發。
像個沉靜的港，容納這些來自各處的船隻，然後讓它們再度啟航，前往任何地方。

沉默與多語

1.

布朗修：「對於懂得沉浸其中的人來說，文學作品是豐饒沉默的棲居，是防禦工事、是高牆，對抗著那個對著我們且讓我們遠離自身的，無盡的言說。假如在源起的西藏的神聖訊息，不再對任何人启示，文學的言語即將停止說話。因為所欠缺的，便是沉默。沉默的欠缺也許會引起文學話語的消失。」

沉默與多語，在布朗修那裡，是文學構成自身的內外邊界。於內，是沉默，各種沉默，豐饒不已；於外，是巨大的無盡本身在言說。文學作品是那道防禦工事，封閉的高牆，保護著內部的沉默，更是（這才是主要功能）抵禦外頭。那「外邊」並非任何恐怖威脅，甚至不是吵鬧與喧囂，僅僅是巨大的言說。沉默的喪失，等於文學話語的消散。而反向證成的，即是洪希耶所言的，文學乃沉默的言語。

文學述說著沉默，我們也許毋需套套邏輯，沉默不述說文學。矛盾在於，也僅有述說出的沉默才是文學。文學便是沉默的語言。

於是文學徒勞，最初不在於對於現實有無用處，而是其無盡的言說，護衛著其實是自身的沉默。到這裡，我們才遇見了弔詭：文學作品必須不停言語，甚至多語，成為那道封閉的防禦工事，那堵高牆，否則無法保護沉默。為了沉默，必須多語。未曾被真正說出的、嘗試著說出的、等待著被說出的沉默，與一種至死方休的說、胡言亂語的說、別無選擇的說、不期待回應而不間斷或即使片斷也無盡堆疊的言說慾望，兩者都是文學作品。

以這種方式定義文學，實踐文學，欲望著且耗費著欲望去對文學孤注一擲，不曾，也將不會耽溺於再現問題，亦無意困擾於真實與虛構。

那是無可選擇的豐富沉默，必須多語的。

於是某種隱喻反覆出現，密室裡的自言自語，在監獄、在書房、在投注所有的筆記本、在地下室。某種同聲調（monotone）的獨語，朝著深部見底的深淵投以話語，無望地等待回音。不可能的。

2.

「我現在不由得想要跟你們講，不管你們想不想聽。」

《地下室手記》裡，欲罷不能的自白，朝著不知是否存在的讀者，袒露自己的不堪。那份自白既坦然又虛假，像是一切都告訴你了，卻同時要你別太認真。以不堪的詞語羞辱自己，卻彷彿卑微請求讀者給予一份敬重；或是在誇耀自身的德性與高尚時，期待著讀者絕情的厭惡。

「那時候折磨我的還有一種情況：就是，沒有人像我，我也不像任何人。『我呢，是一個，他們呢，是全部。』」

奇異在於，在跨越時代、語言，在不同的文學作品裡，那個宣稱「獨一無二」的身影，像是無所不在、輪迴轉世般的熟悉。這些獨特又獨語的無盡「孤獨我」，也未必是虛構角色，例如盧梭在《懺悔錄》裡虛構的「我」：「我，單獨的。我感覺著自己的心，也認識人類的樣貌。我被創造出來的樣子，與所有我見過的人不同。我敢相信我與存在於世界的其他人不同。假如我沒有比較好，至少我是另一個。」

像是文學的核正在以不同的面目重複言說。這是某種危險的話語狀態。言說者置於險地，或，在危境才可言說：一旦開口，可能宣告沉默的喪失，文學在此完成自殺。同時等待著重生。

沉默且多語的書寫，猶如留給世界的遺書。許多時候，類似的作品出現時，在技巧上，甚至文字上，都未必是上乘。然而之中所見的獨特性，又清楚揭示其不可抹滅的價值：只有某些被選中的靈魂，能被允諾在此言說。一直都不是選擇，而是被選，不得不然得開口，在無意義的迷宮中打轉，在自己的話語中迷路。孤獨地。

「胡言亂語是人類異於其他生物所獨享的權利。一個人只有通過荒謬才能抵達真理！我胡言亂語，所以我是人。」

沉默多語者或多語沉默者，以書寫堅實沉默。埋頭書寫者，狂熱於手記裡狂言者，是無比沉默的。像我們在第二部分窺見的回憶，那個「總是一個人」，在想要脫離自身境遇的淪落人妓女面前哭著說：「他們不讓我……我不能成為……好人！」的小公務員，在「外頭」的世界，是個無法用語言與人建立起關係之人。唯有獨居，唯有隔絕允許如此狂妄的獨語而無人回應，卻又胡言亂語，清醒無比的瘋狂。

如此簡單，地下室人，是因為內心有地下室。「我有地下室」。這本手記該加上一條規則：凡閱讀者，必要了解，這些文字，不是一個躲進地下室四十年無所事事之人所留下，而是先有地下室，才誕生地下室人的話語。不是躲藏進內心的地下室，保護自己安然無恙，那碎裂的面孔與聲音並不在此修復療癒。地下室的聲音，一開始就在裡面，也從不貪戀。那是逃脫不得的聲音，無望的求救。

「我們根本是無從實現的死胎，從早就不真實的父親那邊生出來。」

獨語者的多語，只能多語地存在，見證的是世界的絕對沉默。無論是詛咒、懺悔、袒露、說謊，世界皆不回應；而作為讀者的我們，在接獲獨語者的話語之時，我們並沒有解救那孤獨。孤獨，因為我們的接受，證實了寫作者的聲音終結，孤獨因而完成。話語只在讀者的心中回響，世界則依然沉默著。世界容納如此大量的多語，卻對這份孤獨無言以對。

3.

路易・荷內・德佛黑[16]於一九四六年出版的《多語者》（*Le bavard*），至今在法國文學裡，仍處於特殊的位置。

它最早的讀者之一，巴塔耶說：「我覺得這是最奇怪的敘事，是所有在這世間寫作的，最為激烈的東西」。而這種猶如遠方的回音的作品，是在閱讀或思索文學的探險中，趨近於邊界或核心時（這兩者可能是同義詞），聽到的來自遠方的聲音。這也許就是「域外」容易理解的方式：終於抵達「抵達」這件事可能的最遠之處，不能再跨出去時，只有在邊界上（而且不是界內與界外，就在「邊界上」）才聽得見的，更遠方的回音。《多語者》的特殊位置，恰如其分反映出它文學語言的本質。所以關於這作品，無論如何熱愛或為此迷惑，你皆無法真正轉達，讓它的聲音擴散出去。聽見就是聽見，僅允許走到某些特殊位置上成為讀者之人理解。於是你是試圖呼喊回應卻發不出聲來，或是聲音的失落，唯一的可能，是成為那回音的一部分。

簡言之，《多語者》的「我」的多語，不描寫或分析亦不呈現沉默多語者，「我」不展現與再現某個沉默多語者的靈魂樣貌。唯一的條件，僅是更無限制的言說。

作者的筆記裡這麼寫「多語者我」：「多語者。他希望不說，但他說。這是他的痛苦所在。他被韁繩拉著而多語。他任由自己話語的浪潮飄流。」

德佛黑且強調，這對小說家而言是多麼美好的主題。

《多語者》不是「沉默多語」的描繪、敘述、自我分析、思辨，也許都有，然而德佛黑的「多語者」，其實乃是「沉默多語」的自我重複。當廢話重複自身，已經原路重返的可能性刪除：

「我常照鏡子。一直以來我最大的慾望，是在這視線當中，找到我身上某種動懷人心的部分。」

「多語者我」不需獨居，內心亦不需地下室，更不用手記，因為最為孤寂之境，存在鏡像。換句話說，孤獨存在於虛擬的「我」的反射中。囚禁而使他孤獨的，就是沉默本身，沉默摺疊。我用我的多語包圍我的多語，同等於以沉默包圍沉默。

---

16 路易．荷內．德佛黑（Louis-René des Forêts，1916-2000）。法國作家，二次戰後開始在寫作上展露頭角，很快得到巴塔耶、布朗修、格諾等人的讚賞。儘管一生在大眾面前低調，卻是法國文學作家心中特別無比的寫作者。

《多語者》這本小說，以第一人稱呈現一個「在開口說話時，並不知道自己要說什麼的話語」。於是，這份多語，越說下去，無論有多少內容，都在指涉說話者的「無話可說」。這本書寫於1944-46年，作者寫作從一個問題出發：「我是個人嗎？還是個暗影，或空無，徹底的空無？」在這空缺中，這本小說呈現著第一人稱說話者的奇特慾望——「我想要訴說我訴說的需要」。

雖然是本特殊的小說，但恰好在新小說興起的時代，並有巴塔耶、布朗修等人的讚賞，也影響了更年輕的寫作者，如《日出時讓悲傷終結》的作者季畾（Pascal Quignard）。

我常不經意地捕捉類似的景象。
我的文字經常走向繁複，是因為某種視覺性的震撼。在繁複當中，迷失於細節，在細節中，將方向感丟失後，會有某個時刻，放棄了習慣性的思考模式。
然後，我感覺自己被拋出去，剛才所有的細節，構成出了一個圖景。
這個圖景希望我沉默，希望我看，但不要再靠近了。
這樣就好。

像在無限的鏡像間的無法脫逃。弔詭的是，沉默的迫出，乃是多語。這更趨近於布朗修所說的。若杜思妥也夫斯基仍需要地下室人與其內心的地下室與手記，保護那孤獨沉默以利多語，德佛黑的「多語者」僅重複自身，為了多語的多語，提前扼殺任何回應的多語，等同沉默的多語，無比孤獨的。如此也拉出了一個絕對的距離，讀者伴隨著多語者，卻因他「只有多語」而讀者被迫沉默，不可能再靠近了。

我們看著這言說不停者，為了說而無其他。訴說這個「說的虛無」。多語者說著只是個多語者，此外便不說別的，認同著沒有認同的話語。於是真理如此可疑，不存在真偽的遊戲中顯現或隱沒。無法記憶亦無法忘記。因為多語，相對於言說，更接近於「不說」。聆聽者，讀者，我們，聽見的言語，自然是「非說」。如布朗修評述，「糾纏著我們的不是不真實的形體（擬仿著生命的生命延續），而是一切形體的非真實性，非現實無所不在地觸及敘事者與讀者。」

4.

無獨有偶，貝克特晚期作品《非我》（*Not I*）裡，舞台上演員只露出一張嘴，以極快的速度多語，訴說人中各種孤寂創傷，坐在觀眾席下，你聽見不只孤獨，亦是沉默。

這當然不陌生，在《等待果陀》裡的兩位等待者本是多語者，在無限荒涼中漫無目的說話著。獨語未必一個人，亦可對話，卻始終終結成同聲調的獨語；也不必是封閉，一條路一棵樹，可往前往後，只是兩幕的結尾，知道果陀依然不會來時，皆說著同樣的話：「我們走吧。」然後站著不動。

《等待果陀》裡除了二人組外，劇作裡另外的二人組，主人 Pozzo 與僕人 Lucky。Lucky 在劇中是無語的、受壓迫的、受苦的，唯一的開口，是在主人命令他「思考」給二人組看。他說出了戲劇史中最有名的無意義獨白之一，無中斷地念著看似無意義卻彷彿含著更深含意的獨白，一則虛偽的宇宙科學真理。然後掉進更深的沉默。

《美好日子》（*Oh les beaux jours*）卡在沙丘上只露出上半身的女子，百無聊賴玩弄身邊小物，獨自毫無意義說個不停；《終局》（*Fin de partie*）裡同樣的四人結構裡，垃圾桶裡的父母幽魂喃喃自語說著混亂的回憶。

在說話者開口那瞬，說只是說「什麼也不是」的時候，只看到一張嘴在那開合不停，像是某種不自主的痙攣。語言成為荒漠，荒漠裡不論多少人，多少相遇，多少話語，都將安棲著沉默。毋需密室，既然無處可逃；亦毋需懼怕文學消亡，那裡，已是文學的末世。至少在邊界上的風景觀看著寫作者而言，文學只存在於此。

與惡伴遊

1.

文學始終與惡伴遊。

波特萊爾的《惡之華》，或韓波的《地獄的一季》所宣稱，「一晚，我讓美坐在我膝上，然後我發現它如此苦澀，便咒罵了它。我武裝好反對正義」。

作家作為在現代性空間遊走的肉身，因寫書被禁、被判刑並非鮮事。這甚至像是光彩之事，成為一位現代作家，意味著總是在價值的邊界上，讓價值進入目光中迫使你不得不思考、不得不被激怒或哀傷之處，讓價值重新被定義。因此，作家無論採取怎樣的書寫策略，面對價值仍然是難以置身事外的。換句話說，書寫即是價值判斷的實踐，不論你以怎樣的方式拒絕判斷。即便是最專注在語言文字風格的耽美作者亦然。

文學場域裡，對於一名文學家的價值判斷總會改變。在其時代被鄙夷的、被詛咒的作家，往往是新時代的先知。如同尼采所言，最了解時代之人，往往是不合時宜者。在其時代為惡棍者，無賴者，導引了後世的迷途者。然而，即便我們預先原諒了文學之惡與作家之惡，當我們回看塞利納（Louis-Ferdinand Céline，經常只稱 Céline）[17]，仍會感到尷尬。

塞利納，這個在法國國家最高榮譽的場合中遭到除名的名字，弔詭地證成他該有的位置：放逐。無論如何，他的反猶立場都是難以被國家接納的。同時，這偏偏是證明，塞利納之名，在法語與文學、文化間的存在感如此強烈。這樣說或許更貼切：一旦法國想強調其光明面，以文學史來形塑想像的共同體，塞利納更會被強烈地排除。作家以其書寫反對國家並不罕見，然而在逝世五十年後，普遍承認其作品的價值與在法語文學中的影響力的狀況下，以如此激烈的方式被逐出，也許也是一種文學史上難得的待遇了。

只是這個人，早在寫作之途的起步，與起步前，就已經在放逐之途上。一個極為渺小的，卻難以忽略的身影。

2.

我猜想，如果命運能重新洗牌，給任何一個人再一次選擇的機會，塞利納這個人，總會選到比較差與更差的那條路。這意味著，或許他還是會再度成為作家，因為成為作家，至少對這個人來說，就是會別無選擇地變得更差的一種方式。

因為總會變得更差，所以踏向寫作之途，且因為寫作，即使有光輝的時刻，他也會將滿手的好牌弄到全盤皆輸。在塞利納的故事裡，寫作非救贖，甚至因為行走在地獄之途才會寫作，並走到更深處，盡力脫逃的結果，是完全不再有希望脫逃。

塞利納很可能不是一個有勇氣選擇惡，沒有勇氣選擇為惡、作惡之人。他的價值系統中似乎找不到這樣的絕對性根基。跟著他的文字走，或拿他的人生當作佐料，會看見他始終在猶豫、逃避、退縮。他的故事主人翁通常來不及悔恨過去亦無暇思考未來，只是對於每一個當下猶豫，然後匆匆地逃離，於是做出每一步累積起來，無法挽救的壞運氣。

更為矛盾的是，正由於不斷苟活，方能見證發生在自己身上的地獄光景。偶得的好景總是不常，壞運也無法讓你停下腳步去習慣與忍受，《茫茫黑夜漫遊》，

---

[17] 塞利納（Louis-Ferdinand Céline，1894-1961）。法國作家，本職為醫生，年輕時曾因醫療服務而旅跡美國、非洲等地。一九二八年於蒙馬特開設私人診所。一九三二年處女作《茫茫黑夜漫遊》開創了獨特的語言與敘事，是文學中難以比擬與複製的作品，亦成了當年龔固爾獎的遺珠。續作《確然之死》同樣掀起一股熱潮。

二戰期間，他的反猶立場，且出版兩本手冊反猶，使得他在戰後遭到流放，直到一九五一特赦才得以返國。這些經歷寫在晚年的小說如《從一座城堡到另一座城堡》中。直到今日，他的矛盾依舊，他仍是文學中最特殊的敘事語言，卻又是不能在文學榮譽殿堂中被擺放的作家。

「Voyage au bout de la nuit」，更直譯來說，是在黑夜盡頭漫遊，始終一點光亮也沒有。

我們可能可以在他身上看到，人所以為人，最為笨拙的身影之一了。無論是《茫茫黑夜漫遊》或《確然之死》（*Mort à crédit*，或譯為《死緩》），我們都可以看到主人翁，不論遇到任何人、任何機運、好的或壞的，他始終永遠像閉著眼睛翻牌，然後永遠抽到比較壞的那張牌。重重的壞運並沒有使之成長、堅強，品嚐冷暖之後，發揮出人性的光芒。甚至可以說，這樣長的篇幅，情節完全編織在一個角色的種種歷練上面，卻是毫無成長。完全的「反成長」小說。

你也會很早就清楚知道，即使這依然反映了時代的種種悲慘與不公，但那完全不是狄更斯式或所有寫實主義、自然主義，意圖用主人翁的徹底厄運去彰顯作者對時代的控訴。儘管武斷些，我仍然得再重複說，寫作，或許就跟塞利納自身與他的作品主人翁一樣，是種怯懦之下的選擇，而他的選擇，總是走到更糟的境界。

這是他最大的價值所在。

3.

如果翻閱起十九世紀的寫實主義，或是自然主義，例如左拉《酒店》在連載之初，因將工人階級口語融進小說語言中而遭非議，在閱讀間我們仍有種安全感。在那些作品裡，無論描寫怎樣驚世駭俗的「事實」，那些話語綁在那些角色的身上，通常反映某些階級，或象徵某種族群之人，他們的言語帶著生長環境的痕跡，通常有走向他們必然的命運。作為讀者，座落在旁觀者的位置。故事的話語與角色的話語無論如何交織，後者製造多少效果，仍是在敘事的話語中，塵埃落定。換句話說，那些小說中的粗野語言，無論多麼髒，讀到最後，只是一種點綴，正常語言或是小說風格的操作，一種特異甚至誇張化的模仿。最後在故事的吸引力下，歸結到一種相對文雅的話語中。

然而塞利納的語言，當中的粗俗性彷彿不是那麼回事。那並非有意圖再現一種身分或角色的（譬如寫實主義），也不是對於任何現實虛假禮教的反諷（至少可以追溯到拉伯雷）。塞利納小說裡的語言，儘管在許多評論者的眼中是對於世界的反抗、反諷或尖銳的批判，然而真正進入到他的文字裡，卻難以感受到真正強烈的反諷、控訴。像在灰濛濛的霧中撥霧，擾亂著。你發現藝術當中有種可怕的質性，叫做模糊。它引誘著你想弄清楚的慾望，卻悄悄地取消了某種邊界。把一張清楚的照片與模糊的照片放在一起，應當可以毫不費力分辨出兩者差異。當你如同看著高與低、黑與白、大與小的態度觀看時，會發現自己漸漸被模糊那處引誘，像是調整焦距，你的眼球肌肉的聚焦在深沉處被動員了。模糊感，會在你注視它，想將它看看清時，趁機模糊你的視野，也模糊了清楚與模糊的邊界。意思是，模糊蔓延，打從一開始就是，隨著閱讀，並無法讓你看得更清楚。

若說閱讀塞利納的過程中感受到模糊感，其實模糊感的背後並沒有清楚的事實，模糊並不是一種彰顯或隱喻的手法，而是模糊就是模糊，那可能是他的世界（視界）唯一的真相了。沒有任何人能看得更清楚，亦無法用任何光學機制矯正（譬如配上鏡片），因為世界已是糊成一片了。

所以中譯本的名稱確實不壞，「茫茫」一字在法文中沒出現，但他全部的作品，總讓人覺得茫茫於黑夜中漫遊。

4.

所謂模糊，其危險的性質不是模糊自身，是在我們觀看裡，那蔓延的無可區分。若我們接受所謂的意義產生，在於差異的系統，無法分辨、無法歸類，辨識思考當中的迷霧森林了。是以，塞利納作品的特性，幾乎首先建立在兩種、卻又像是同一的模糊性：塞利納與他小說的第一人稱「我」，再來就是這樣的「我」說出的語言與文學性語言。

奠立他地位的《茫茫黑夜漫遊》與《確然之死》甚至到晚年的《從一座城堡到另一座城堡》（*D'un château à l'autre*），自傳性質無所不在。《茫茫黑夜漫遊》裡的費迪南．巴達穆，這位與作者同名的「費迪南」一戰自願入伍、戰爭傷患、到美國遊歷感受到資本主義奴役、在非洲見證殖民的壓迫、回到巴黎附近郊區當個貧窮醫師（請勿忘記，即使這本書前半部有跑遍半個地球的偉大流浪，這本厚書的後半部卻集中在百無聊賴的窮醫師乏善可陳的生活），無一不是取自他親身經歷。

或是《確然之死》，以童年記憶，痙攣地、顫動著、欲言又止，卻又不放棄地敘述到底，堪稱是另一種「追憶似水年華」（雖然缺乏幸福感的塞利納版本）。矛盾在於，閱讀塞利納作品，即使有明顯的「個人的體驗」，卻擁有無疑的「虛構」標記。簡單來說，閱讀塞利納，無論喜歡與否，那語言都是一種徹底的小說敘事語言。

更為矛盾的是，塞利納對著讀者傾瀉不知節度的語言，瑣碎、沒有意義、沒有明顯邏輯，隨著主角的移動與命運如同巨輪輾過後才碎裂出的言語。「彷彿口語」的破壞文法的極度自由，甚至過於放縱，喋喋不休的欲言又止（例如《確然之死》、《從一座城堡到另一座城堡》的全篇刪節號），最後所得的，又是再清楚不過的「純粹文學語言」的印象。

於是，這或許是文學作為人類心靈最好的庇護所的證明之一，模糊到底，逃避到底，怯懦到底，以及，被驅逐到底了。最終，在文學裡，這最汙穢的質性，反倒成為一種純粹的質性。

5.

塞利納的文字集體竄逃，到了第二本作品《確然之死》成為徹底潰敗之姿——使用兩萬多個刪節號，刪節號所占有的紙頁空間，彷彿可以再成為另一本書。

他的怯懦性，使得這樣的書寫弔詭處在於，不是如何開始、如何寫下去、如何有意義，而僅僅是逃到何處何時方有盡頭。無意義，意義的消解、碎滅，其終結之時仿若永遠不會到來。那像是一個文明圖景：文明的輝煌有時，但覆滅之時無盡，廢墟的時日遠比文明長上許多。塞利納於「夜的盡頭」的「旅行」，可怕之處不僅在於苦難、折磨、羞辱、無法翻身，還有時間的綿延無盡。文明的地獄不在於末日，在於無法終結的廢墟之上，仍可以再廢墟，無止境地。

書寫，不是庇護，也無法救贖，在塞利納的例子中，直到今天仍無法為之辯護的惡行。與納粹同路，二戰間寫的兩本支持屠殺猶太人的兩本小冊子，直到二〇一八才在 Gallimard 出版社中，飽受爭議的狀況下再版。

書寫，也同於他的個人，包括文明，總是朝向更糟之處，緩慢的，確然的，走向死亡。無盡地。

蒙馬特適合迷失自己。
我有過一種幸運，第一次去蒙馬特是獨自一人，並且不依造大多數人選擇的巡禮路線。我從蒙馬特的墓園開始，只憑直覺蜿蜒朝上，用石磚路給腳底的觸感，以長階梯的爬升朝聖感，然後一個轉角，瞧見了聖心堂潔白的頂。那個白的意象再也沒有比那一次強烈，像是每去一回，就比記憶髒去一些。

兩人旅行者

1.

兩人旅行者的身影，我們首先會想起的，是那位枯瘦的身軀，眼睛卻燒著執著的火焰，帶著破舊可笑的裝備，在一個不是該時代的時代，進行偉大騎士冒險的吉軻德先生，以及他的隨從桑丘。

如此理所當然，無論是偉大或渺小、正經或可笑、意願或被迫，兩人旅行者的形象始終占據敘事的中心。即使我們仍可以無止境地說孤身上路者，或三人、四人甚至更多的旅行單位，流浪或探險，然而兩人旅行者似乎是說故事者的共同誘惑。

吉軻德正式上路，完備他的旅途的，是那單純無比，完全現實主義的桑丘。一個瘦，一個胖。像主人一樣騎著瘦馬，他則騎著一條驢子。兩個人進行雙重的旅行，一個是現實的，一個是幻想的。

現實與幻想並非平行線，兩者互相交織。現實沒有因為這瘋狂幻想的種種行為而真的動搖基礎，但現實的種種阻礙與挫敗也沒有真正傷害到幻想半分。

對吉軻德來說，幻想的冒險裡是他唯一的真實，而阻擋他，氣沮他的，總是那個無所不在卻視而不見的現實。對於吉軻德，他總是看見比所見還多的事，羊群是軍隊，風車是巨人。或甚至換個說法，他看見的是他看不見的世界（所幻想，詮釋的某種魔法般的世界），而同時因此遮蔽了他應該看見卻看不見的世界。

而桑丘，吉軻德的騎驢隨從，並不擁有那份想像力，將信將疑地想像吉軻德所看見的世界。吉軻德與桑丘，帶領著與隨從者，卻由於後者，在這平凡無奇的世界，同樣有種種不公與官僚運作的世界，見證了不平凡的冒險。

如果沒有桑丘，吉軻德只是在自己的世界裡迷途的哭喪著臉的瘦骨騎士。有了訴說對象，吉軻德得以言語轉換他所見的，這一切在相似性原則，一切都相關且可以連結的世界。無論桑丘信或不信，他的伴隨讓言語留存在現實世界，轉述自己的主觀冒險。相反的，桑丘作為一個隨從，即使他不曾真正看過主人看見的景象，卻是一起經歷了。桑丘不只是聽眾，他也成了最好的轉述者，讓吉軻德的話語，轉譯成另一種有血有肉的故事。

而桑丘因為主人的瘋狂行徑，無法捉摸的闖蕩，以及種種的皮肉之痛：譬如被包在毯子裡頭拋弄，被打得鼻青臉腫。他所見的現實，原先合理的平凡的，卻因為隨著主人時而興起的闖蕩，往往落實在他肉身的苦難上，使得現實成為不可思議，彷彿有難以理解的力量在操作著。如果吉軻德以其肉身，將其腦中的幻想，朝向世界肉身化實現了歷險。那麼桑丘，就是在伴隨在側，即便是個現實主義者，仍是在經歷了種種瘋狂行徑後，反覆的身體受難，讓瘋狂的冒險，在他的身上肉身化了。

在最後一部中，桑丘與主人一起被捉弄，矇著眼騎上木馬。桑丘卻在這不可見中，以他的身體感與想像間，創造了一個屬於他的冒險：他深信自己飛天了。他也真的，在公爵夫婦的捉弄設計下，成為主人當初允諾的海島總督。眾人以為他會出糗，然而這如同白紙的農夫，在與主人歷險後，已成為擁有不可思議經驗之人。無論治理、斷案，他皆隨心應手。桑丘肉身化了吉軻德隨口承諾，也肉身化了自己原先的輕信。那一刻，他就是海島總督，他的完全相信，逆轉了他人設計的謊言，讓一切的喬裝弄假成真。

最終，吉軻德的肉身闖蕩到了盡頭，那回的大敗，不僅無法讓他以肉身冒險，那也摧毀了他幻想、他的瘋所構成的騎士的身體。他醒了，在床上，從騎士小說中夢醒。他所見的世界，變成我們所見的世界。而我們讀者，再也見不到他的世界了。對於這世界，吉軻德無話可說，甚至也不想談論他經歷的。只剩下告誡，其中最重要的，是不要與喜歡讀騎士小說的男人結婚。

小說在此結束，結束在吉軻德的幻滅。可是吉軻德與桑丘的冒險形象，卻才剛起步，這回不是耽溺在已然消逝的騎士時代，而是所謂的「現代」風景了。

畢竟，吉軻德的冒險肇因於閱讀，終於放棄閱讀。明顯的，小說的結局，與《堂吉軻德》的存在恰好相反，他的讀者穿越了時代、語言，也創造了其他無數的吉軻德，在文學事業上冒險。

2.

然後，是那一對主僕。他們一開始就在一塊。宿命論者雅克，與他的主人，沒有名字的主人。他們的關係由「沒有」所定義，直接寫在小說的開頭上：

「他們是怎麼碰到的？跟所有的人一樣，是萍水相逢。他們叫什麼名字？這關你什麼事？他們從哪來的？從最近的地方來。到什麼地方去？難道我們就知道我們去什麼地方嗎？他們講了些什麼話？主人啥都沒講，而雅克說他的連長說過：我們在這人世間遭遇的一切幸與不幸都是上天注定的。」

他們之間的關係與目的、動機的可疑，以及作者過分強調的無疑，使得讀者在他們冒險之途充滿可疑。行進的痕跡如同抹去的痕跡，如同行動抹去動機，使得事件的發生單純化，脫離了故事邏輯的因果骨牌效應：為了某個目的採取某個行動而造成某種結果，結果又成為下一輪的動機因素，從而無盡繁衍。意義被抹消，其終極之處，似乎也是起始之處，幸與不幸都是上天注定的。

所謂事件，若暫以小說粗糙定義觀之，改變了原先的結構或運動慣性，改變了行進的軌道。然而小說裡的兩位角色，對於所有事件的反應，不是去詮釋理解，或採取行動，而是幾乎千篇一律的，由稚克頑強認證，斷定這一切都是命運注定的。命運不需要我們去深究意義。發生就是發生，一切的偶然並不改變過去與未來，僅僅是一個過程。因而偶然不僅不偶然，所有的事件，在這樣的觀點下，再也不扮演連接前後，扭轉乾坤的關鍵意義。因果被取消了，故事卻仍然繼續著。

若《堂吉軻德》的話語先於行動，話語與想像的探險，使得冒險先行存在。冒險者則緊緊跟隨、屢敗屢戰，以每一次行動迎面撞上想像與現實相互融合的空間。半瘋半清明的吉軻德，以自身的幻想與瘋狂的實踐相互衝撞，衝向羊群軍隊，衝向風車，使得冒險可以不斷被創造。那麼，《宿命論者雅克與他的主人》展現的，是話語與行動的相互抵銷，而抵銷的，其實是冒險本身。這是一場消弭冒險的冒險。雅克的逆轉，不僅是牽著主人鼻子走，他的想像及其話語，是將所有的奇遇、幸與不幸，化為宿命。

所謂宿命，無非是早已寫好的故事。若說吉軻德是自己冒險小說的讀者，雅克何嘗不是？

這對沒有冒險企圖或意願的雙人組，遇到強盜、奇遇、或聽到他人的故事，激起的不是勇闖的精神、行動的勇氣。路見不平的情感只以言語評論（又往往被雅克宿命論歪理扯遠），所有的機智的脫離險境與分別重逢，不過是未經思量的偶發行動所造成的結果。換句話說，與其說是冒險去推動小說，不如說這兩人旅行者不但沒目的，也不願冒險。所有的移動都在於不想冒險，逃離並回歸最一開始的狀態：兩人在路上（途中），不知從何來，也不知從何去。只有說話，那個貫串全書的雅克說著永遠說不完的羅曼史。

換句話說，一直想聽到雅克戀愛史的主人，他在全書的追求，不過是找尋那個尚未開始的原點，而故事卻把他們帶到遠方。

終歸而言，這兩人組存在唯一個目的，似乎只想回到一開始的狀態。故事的進展，主旋律是雅克訴說自己的羅曼史，往往說到一個段落就被事件打斷。故事的主軸是雅各說故事（形式與內容疊合了），事件的發生則是中斷了故事，而且是雙重的：中斷了這個雅各在說故事的故事。小說所有的事件因而全部都是插曲，更複雜在於，插曲一再出現，使得插曲篡奪了主旋律。然後讀者與無名的主人一樣無奈，到最後，這竟是一個「雅克要說羅曼史卻不斷岔題、被打斷的故事」。況且，雅克說的故事，本身就有無盡的岔題與插曲。

這些事件，也同時包含著其他故事。占據篇幅最長的是旅店老闆娘述說的拉寶蕾梅夫人與侯爵的複雜情史（簡直是這小說當中最有故事濃度的一段），以及阿爾西侯爵分享的風流修士的故事，甚至雅克主人的故事，本身在述說的完整節奏上，比雅克的羅曼史還多。打斷故事進行的故事，比說故事的故事還多，因此故事無法結束，兩人始終在路上。

不論是中斷或復歸，穿插的事件、人物或不同的故事，兩人旅行者的上頭，有個聲音自始至終伴隨著我們，即作者本人。確切來說，那是「貌似」作者的聲音，作者在小說裡虛構的作者之聲與我們對話。這名「作者」並不是敘事者，他不採取任何敘事的手段，他甚至旨不在說故事、不交代、不營造氣氛、不組織敘事邏輯，甚至也不描述角色外貌與內心，不在乎故事的離題與解體。弔詭在於，正是所有「反敘事」的話語，構成了作者之所以為作者的絕對肯定。在「作者」（裡應失格）的種種不為，他數度插入的話語皆是漫不經心展示的種種「可以」——「讀者，我在康莊大道上，要不要使雅克離開他的主人，使他倆隨我高興，碰上各種意外，讓您等上一兩年、三年再來聽雅克的戀愛史，這全都看我。」——正是展現這說話聲音是不折不扣的「作者」，以展示作者的權力來證成。從本書的第一段到最後一段，他與讀者的耐心與好奇心遊戲。

這樣可疑的「小說中說話的作者」，並沒有讓雅克與主人的故事變得可疑。這對兩人旅行者在小說的內外，因其觀念、行動與關係成為無比確實的存在，因為他們毫無任何真實性的疑慮，處在一個滿是虛構的文學空間裡。宿命論者雅克與他的主人種種亦荒唐不已的言語、行動與奇遇，不斷形構自己的命運。虛構出來的命運甚至擺脫了宿命，因為如此相信宿命的雅克到底成為無比自由之人，也擺脫了作者可以全權掌握的角色命運。有趣的是小說的「小說中說話的作者」有默契地暗示這點，因此也無比自由。

變得可疑的，是閱讀前並無疑心的讀者。當我們仔細聽著這態度可疑的「小說中說話的作者」如此肯定地對讀者說話，這踏進讀者位置的我們，一切的閱讀動機、習慣、背景，一併變得可疑。於是，作者與讀者，也成為兩人旅行者。從哪來或往哪去一樣不重要，只需知曉這是他們的故事。

小說的最後，雅克與主人的故事，終於趕上了他們所說的故事說不完且不停被打斷的羅曼史故事的人進入了他們正在發生的故事。而小說終於宿命地迎向完結，在雅克最後對宿命的懷疑詰問裡。

3.

一樣在中途，不知從何而來，不為了冒險而做的冒險，只為了一個目的：等待果陀（Godot）。在此，等待的動詞形式是現在分詞，en attendant，亦即「在等待」。

《等待果陀》開場：鄉間一條路，一棵樹。另外還有兩個人。艾斯特拉岡脫著脫不下的靴子最後放棄，弗拉濟米爾則對此玩笑，卻沒有解決。前者較愛幻想，後者較實際。前者愛做夢，後者不聽對方的夢。前者馬上忘記，後者隱約記得。艾斯特拉岡忘了果陀的名字，且想要離開，弗拉濟米爾則抱持希望。

他們的差異作用不在於推進或後退，甚至不迷亂或擾亂旅程，就那麼恰好地，平均地，抵銷。留在原地，重複，且永遠是也許。

他們說話，有能力無止盡地說話，去笑，去思考。他們彷彿可以說任何話，做任何事，也沒有被禁止去任何地方，包括可能被允諾的，那個「可能」會到來並「也許」可以讓他們得救的果陀。

我們，也許包括他們兩人，都不知道果陀是誰，長什麼樣子？什麼身分？年輕年老是男是女？如何讓他們得救或能不能讓他們得救？他們兩人從何得知又為何相信？會不會到來？何時會到來？然後，一切指向的基本問題其實是：果陀是否存在？

這些疑問存在，所以他們在途中，成為懸置的存在。他們彷彿無比自由，可以說話，可以行動，他們甚至可以不要等。他們有絕對的自由，就像卡夫卡的〈在法律門前〉。這自由卻不允諾任何事情，行動不創造意義也不摧毀意義，行動與話語只是自行消耗，而且永無止境。他們甚至可以談論自殺，不需任何嚴肅動機，只因為無聊。不自殺也不是為了生活，而僅僅是個玩笑（因為吊死的屍體會勃起）。

除了等待，就是說話，在所有的行動都無法真正填滿等待所構成的無盡蔓延的時間裡，他們不停地說話。然而時間不能思索。話語擾亂時間，如果話語無法幫助記憶定錨。

艾斯特拉岡：你確定是今晚嗎？

弗拉濟米爾：什麼。

艾斯特拉岡：一定要等他？

弗拉濟米爾：他說過是禮拜六（一段時間）。我覺得。

（……）

艾斯特拉岡：但是是哪個禮拜六呢？還有我們現在是禮拜六嗎？難道不會是禮拜天？或禮拜一？或禮拜五？

懸置狀態裡的話語的所有意義，充盈起等待的所有的無意義。原先，對於等待來說，在等待的時刻到來之前，話語是無意義的。或話語的意義是次要的、工具的、過程的，只為了在終極等待之時刻到來前的暫時意義。然而在《等待果陀》裡，等待成狀態，等待是永遠的副動詞。等待終究懸置，不知從何開始（若有個開始，便能從起源回溯意義），亦不完結（因為一旦失去等待的慾望或動機，亦是一種意義的完成）。話語的指向，無論意義嚴肅或嬉鬧，思考或玩笑，只能回到說話者的時間本身。等待時的話語，成為話語的等待，而這等待又指向自身。於是不是等待生成話語，是話語構成等待，話語若戛然而止，等待便成一片沙漠，原本的沙漠湧現。

在兩幕皆出現的主人帕卓（Pozzo）與僕人幸運，是另外一對旅行者。彷彿關係更明確（虐與被虐，綁著一條繩子），一個有言語與行動，另一個沉默而故障。這「另一對」兩人旅行者，起初像是從何而來，也似乎有目的前進，他們像是能打破或拯救整個局面（甚至被誤認為果陀）。然而即便他們更像旅行者，甚至有事件——隔日，當他們再度出現，主人帕卓已瞎——卻無從改變。因為這主僕旅行者沒有記憶，沒有事件感，彷彿他瞎眼已久，已無差別。更強烈的個性與事件，相伴隨的是主體更大的遺忘，以及對命運的無動於衷。如此抹消了事件，以至於他們兩次的出場與離去，都造成這兩位等待者更空虛的處境。

也許第一幕當中帕卓命令僕人幸運「思考」而說出的一連串不間斷的台詞，是整齣劇最接近真理，足以打破停滯的可能的時刻：只是那段瘋狂的話語終究不可解。真理不可解，而思考，即是不可能本身。

那段長得無法喘息的「思考」固然讓人驚駭（若能認真感受），《等待果陀》

裡最令人感到襲擊的，不是他們看似傻卻不時戳破世界假象的話語。或是他們的荒謬狀態對比著觀看的局外的我們，會向我們一瞬揭露生活本身的荒謬狀態。這一切，比不上那些話語間的停頓，貝克特明確指示的「話語空白」所帶給觀眾的不安。

在劇本中時常在台詞中出現的「一段時間（un temps）」。讓時間只是時間，沒有話語，沒有動作，毫無來由。單純觀看，那尷尬感令人發笑，仔細思考卻令人恐懼：那無從思考，猶如面對無盡深淵，一片荒蕪。古希臘的哲學家認為，宇宙是不能有真空的（沒有任何介質、以太，真正的空）。只要出現，整個充盈各種物質與能量的宇宙都會崩解。但這裡，時間就只是時間，純粹的，一瞬，在話語之間。整個劇場宇宙，在專注看著這對兩人旅行者以各種方式填滿等待不會到來的果陀的漫長時光，所有的沉默都是刺痛的。

那些靜默時刻，思考戛然而止之時，乃另一種截然不同的思考誕生之際。但那是不可能的，不允許的。那同時是兩種極大的拉力，使得兩人旅行者，像是差點扯斷懸絲的傀儡般，故障地被拉住。他們準備要思考，在等待時間裡的所有話語突然中斷時。像海德格所說的，鍾子敲歪釘子的瞬間，原本取用錘子的「就手性」，在那故障的時刻，變成了「現成性」。你凝視了錘子，思考產生。於是，「存在頓成現成性而不復見就手性」。這兩個等待著，原先的等待是朝向某個目的的過程，必須耗去的時間，而他們的話語與行為（包括待在原地），皆是某種工具性、過渡性，只為了填滿時間。他們的靜默，讓打發與填滿時間的語言成為可能進行思考的語言。讓需消耗的時間成為必須感受的時間。讓等待的不得已，變成必須思考的存在狀態本身。

然後，話語繼續，短在呼吸之間。作者並不允諾他們思考，就像不允諾他們停止等待，脫離永劫。這是他們永遠的，最殘酷的旅行。

弗拉濟米爾：那麼，我們走吧。

艾斯特拉岡：走吧。

靜止不動。落幕。

沒有開始也沒有結束。

若果陀真的是彌賽亞，就得等到時間真正終結時，才不必再等待。屆時不論他們在哪裡，至少都可以思考自己的存在了。

風車的確是巨人。
巨大的，伸長的手臂，旋轉著。無情的，無盡轉動著，將一切碾碎的。
僅管我們與堂吉軻德已經處在兩個不同的世界了（中間還有多少的世界誕生與覆滅過？），然而站在風車面前，你依然感到自身的渺小無力。如小說場景，三四十個（甚至更多）同樣高度，且快速旋轉發出嗡嗡巨響的風車，對著世界怒吼。令你無法站直的風越是猛烈，風車就旋轉越快，展現難以征服的絕對力量。這力量令人眩暈，吉軻德先生，想必在面對一群風車巨人，所燃起的冒險精神中，參雜這樣的眩暈。
風車所象徵的，並不是世界的反面，亦不是怪物。毋寧說，風車至今仍是世界的象徵，某種無情的進步持續推進，推進，永不止息。因此，對抗者才是怪物，而非英雄。對抗，表示你注定站在世界的反面，絕望地雙腳夾起馬腹衝刺，拿起長槍刺向前方。
而這一刻，似乎可笑又肅穆地，因為其絕望與必然的失敗，完成了自身的英雄儀式了。

荒島

1.

荒島不荒蕪，荒島的條件在於一切具備，獨缺人類，至少缺乏文明。

荒島並不匱乏。匱乏的是人，是人類的出現，給荒島帶來匱乏。

人類需要荒島，那是人類所想像到的，最恐怖又最為迷人的純粹自然。

荒島並不意外。荒島不是象徵人類的不幸與遇難或孤絕。不幸的僅僅是人類本身。人類是荒島的意外，荒島的闖入者。荒島自在，遇難者自為。

並非你找到荒島，而是荒島選擇你，接納你，允諾你贖回自己的生命。

荒島出現在毀滅之人的眼前，那並不是解救，不是應許之地，不是世外桃源。

荒島是覆滅的更進一步，絕對的形式。荒島會完全吞沒你，比大海還要貪婪、暴虐，遇見荒島之人必然被它吞噬，完全的。

荒島並不存在，在人類遇見它之前。在人意識到荒島之前，它並沒有存有的問題。荒島在進入人類意識的那一刻存在。荒島是人類的創造，在荒島那，人將被重新誕生出來。

2.

在德勒茲早期的文章〈荒島〉，認為地理學的概念裡將荒島區分成兩類，對於想像力而言，是彌足珍貴的信息。

一種是大陸性島嶼，是「偶發性島嶼、飄移性島嶼：它們脫離了大陸，誕生於脫節、沖蝕、斷裂，倖存於抓住他們不放的吞噬當中。」

另一種是海洋性島嶼，是「始源性島嶼、本質性島嶼：它們有些由珊瑚構成，向我們呈現出一個真正的有機體，它們有些產生於海底的火山噴發，使海洋淺處的運動呈現於光天化日之下：一些島嶼緩慢地露出水面，一些島嶼亦是時隱時現，我們都來不及侵占這些島嶼。」

在他來看，這兩種島嶼顯現陸地跟海洋的對立。換言之，我們也許可以從他的觀念出發。無論是哪一種島嶼，都是在陸地與海洋的激烈衝突，同時相生中產生。島嶼不是力場之外的無重力場域，而是不同力量的交會點，是歧異點。島嶼的身世充滿偶然、偶發性，在意識的邊緣閃現。

大陸型島嶼是某種陷落與斷裂，海洋型島嶼是自海底衝出水面的噴發。所以也如德勒茲所說的，這樣的概念下，關於島嶼，「在所有這一切之中，沒有什麼東西是令人安心的。」這意味著隨時覆滅，無法累積、固定。生存即戰鬥，法則永遠在變動。

對德勒茲而言，嚮往島嶼，意味著絕對分離的意志。

荒島之人是孤獨的，創造的。但德勒茲的荒島論提醒著我們，荒島是完全創造，但並非起源。荒島的絕對創造是重新創造，再度開始。讓一切既有的重新定義。絕對的新，是重新，也是更新。

3.

魯賓遜一開始並不是魯賓遜，他的姓與名只是家庭的故事，而非自己的。小說的開頭，是個叛逆的「我」，脫離家庭、對抗父權的壓抑的故事。

「我」沒有方向與目標，只在於追求獨立。不願順從父親希望他當律師的企盼，他拒絕在法律的那端，成為了水手。這是「我」的第一次逃離。逃離了家庭，上了船，然後遇上了風雨，發生第一次的船難。

然而，這並未阻止「我」的脫離意志。再度上了船，然後這回第二次的劫難，是被海盜打劫，成為了俘虜。那是更徹底的失去自由，被剝奪尊嚴與意志。同時也是在那絕對悲慘的情況下，滋養他更強烈的自由追尋。

第二次的逃脫，便理所當然的比第一次更為激烈。那是賭上性命的，冷靜算計的，需要動用暴力的，甚至更為弱肉強食的方式取得上風，成功脫逃。這時的「我」，已經擁有不依靠也不信任任何人的獨立生活的心靈了。一切都可利用，都可征服。鬥爭永遠是過程，沒有什麼是安心的。這時，一座荒島在「我」的心中誕生。那座荒島是人與自然鬥爭之島，也是馴服與被馴服之島。是隔絕之島，必須沒有任何人，才能躲避所有的關於人的劫難，因為那就是他的最終劫難。

心中有了荒島，便不可能安居於陸地。「我」劫船脫離奴隸，獲救到了巴西。在那，因為善意（賣掉了劫持來的船）有了土地與企業。不過，對「我」而言，這如同另一種禁錮，在遙遠的南半球，過著當初冒著生命危險逃離的生活。「我」無比孤獨，即使有產業，有認識的人，而且不再有形的奴役。但「我」覺得像是因失事一般獨居荒島之人一般孤獨。

於是，幾年後，產業蒸蒸日上的「我」再度登船（想想此人的航海命運極其特殊），選擇他第一次登船的同天九月一號。那像是「我」的永劫回歸，為了重生，得先死去。選擇這命定的九月一號，離開陸地，投向大海。像是為了尋找不存在的島嶼（而不是大陸）而冒險前行。

接著，就是我們熟悉的遇難，被浪吞吐擠壓，猶如吞噬與嘔吐的交替，終於到了無人的島上。所有人的消失，除了自身，「我」是島上唯一的該物種。只剩搶救下來的最初物資，簡單的器具，開始完全獨自一人的生活。真正的生活。

找到了暫居的洞穴，開始建立一切。「我」所有的敘述上，更加私密地以日記寫下。為了不可能存在的讀者而寫，以魯賓遜·克魯梭之名的「我」，寫下了日記第一頁。

漫長的歲月，至此，「我」成為自身的成長小說，魯賓遜·克魯梭成了有意義的名字。時間跨度拉長，島上的時間與生態，自我的生存不再是事件，魯賓遜與這座無名島成為最為充盈的存在。

直到其他人的闖入，島才再度不再是島。有了星期五、食人族或更多的順民的出現，看似一名水手冒險的再度展開，實則島嶼的退去。島嶼退回了布景，魯賓遜擁有島的一切，卻不再屬於這座島。

讓我們再度回憶這小說最原始的名字：*The life and strange surprizing*

adventures of Robinson Crusoe, of York, mariner: who lived eight and twenty years all alone in an un-inhabited island on the coast of America, near the mouth of the great river of Oroonoque; having been cast on shore by shipwreck, wherein all the men perished but himself，《關於一名叫做魯賓遜・克魯梭，誕生於約克鎮，並且因為船難而獨活在一個美洲海岸邊、接近奧里諾科河河口的小島長達二十八年的水手的陌生又奇妙的冒險故事》。

這座島，確實不該有名字。

4.

將凡爾納的《兩年的假期》（古老中譯本稱為《十五少年漂流記》）與威廉・高汀的《蒼蠅王》並列閱讀是有趣的。兩者的主人翁們，皆是青少年，脫離兒童並邁向成年的過渡期。是令人不安的、不穩定的、善惡模糊、自身內外無止盡鬥爭的、陰晴變化的階段，尤其隱藏著暴力的。某方面來說，少年，與荒島同質。每個少年都是孤島。

因此，少年脫離社會，猶如荒島脫離大陸。少年們不再需要對抗成人世界，也不會有必然被馴服的過程。這些少年們面對的，正是如自身一樣的孤絕荒島，一無所有，一切從零開始。他們的絕境是他們夢寐以求的，完全沒有任何大人律法、傳統與權威的世界。少年們對抗或馴服的，是自身的怪物，荒島與自身。面對荒島就是面對自身，馴化荒島的過程亦是馴服自身的荒蠻。

《兩年的假期》是大陸型島嶼。因其中一位男孩的惡戲，讓只有少年的船隻脫錨，飄遠了港口，遇上暴風雨與觸礁；《蒼蠅王》是海島型島嶼，一群孩子逃離大人的戰爭，而飛機失事在孤島上。前者原是緊緊繫著陸地，作為一種教育的體驗，卻斷了線而漂流；後者是一種急欲脫離的力量逃離大人世界，卻筆直地墜在孤島上。

除了生存外，《兩年的假期》要學習如何在斷了聯繫的狀況，以自己的一切可能條件接續原有的文明雛形；《蒼蠅王》則完全失序，從零開始重建，回到盧梭式的自然狀態，也弔詭顯示他們最終的樣貌必然重演大人的世界，所謂戰爭。

《兩年的假期》裡的少年們，尤其較為年長又有強韌的心靈者，必須要模仿大人樣貌。在沒有大人的世界裡，他們教育自己的方式是成為教育者。他們照護年幼者，在一切就緒，得以遮風避雨、阻隔野獸、確保水源與食物後，教育起年幼者。在絕對斷了的聯繫同時，他們以自己的方式傳承了文明。傳承方式不僅是延續自己所學的，更重要的是傳承下去，並沒有因此自絕於文明之外。換句話說，他們並不放棄文明。他們的小小社會即使有分歧，那也像是文明的縮影。領導人之爭，或是小團體的形成，除了人格特質外，還有國籍以及家庭階級感。少年的他們，在學校裡已經在學習階級的分化，將大人的社會階級完全體現在荒島的社會裡。即便有衝突，他們仍是用直接民主的方式選出領導者。即便不服氣，也只能以脫離群體獨立居住來解決。

《蒼蠅王》裡，則是完全文明的崩解、失序。在逃離戰爭的同時，他們也並未有以理性重構秩序的打算。他們需要的是權威，絕對的權威，赤裸的力量。然而，如同戰爭也是文明的一種形式，甚至是最終形式，儘管這是摧毀文明。文明本身是會自毀的，文明具有野蠻性。他們以最簡陋、粗暴的方式維持秩序，完全依賴卡里斯瑪式的領袖氣息。象徵權力，發號施令的海螺；象徵暴力的刀子。而作為文明的冷靜思考，抽象價值，僅僅是最為脆弱的、終究被無情碾碎的，是掛在小豬臉上的眼鏡。而對於他們來說，小豬身上的眼鏡只是工具，除此之外沒有更多的價值。他們的文明價值猶如他們自身的倖存，而荒島接納了倖存的他們，卻拯救不了殘存的理性與良善的可能。荒島上的少年們，應證了人性的墮落，蒼蠅王無所不在，人終會因恐懼相殘。

《兩年的假期》的少年們，把有形殘存下來的物質，以及無形的知識，在荒島上重建。他們為每個地方命名，自我教育。於是，即便小說有少年與貪婪的大人的對抗，這小說的展現還是文明延續可能的末日景觀。而證明一切的試煉過後，他們回歸社會，這隔絕不僅沒有造成空缺，反倒成長。

《蒼蠅王》的少年們並不是沒有秩序的可能，不是沒有建立世外桃源的機會。但相對另一個作品來說，人性的等差更為赤裸，決定的不是國籍、年紀、階級，而是最原始的個人魅力，與身體條件。由小豬的眼鏡升起的火，象徵著文明（普羅米修斯）。是他們存活的可能（火堆的煙吸引援救船、熟食與保暖），然而失控的火，無論森林大火或是不經意熄滅而錯失的獲救機會，都直接導致分裂、失序。少年們的不安與暴力在內心裡如火勢蔓延，唯一透析蒼蠅王真相的賽門，也在昏暗不明中被當作怪物殺死。惡火最終被當作暴力工具，猶如戰火。傑克為了逼出雷爾福，刻意引起大火，寧以毀滅環境的方式來摧毀敵人。於是，戰爭不可避免，即便在荒島殘存的少年們，也再度複製毀滅。

5.

然而，無論是延續文明的光明面或黑暗面，荒島永遠是沉默的。

荒島存在，因為人類存在著分離與重新開始的渴望。

荒島不存在，必須不存在，因為它必然是想像的，才能在虛構作品中兌現，反覆不斷地誘使人類假想。

荒島是人類的末世景觀，無論是孤身一人，或是集體落難。無論是成年人，或是孩童。畢竟荒島不是全新的開始，而是從頭開始，既然重新開始，就永遠蘊含著毀滅，與不斷的重複。荒島上的故事，就是我們不斷重複的故事。無論以怎樣的方式，永遠可以再說一次。

漫長的一日

1.

奧地利作家，《夢遊人》的作者布洛赫在一九三五年的〈詹姆士・喬哀思與此刻〉談論到《尤里西斯》的「日常宇宙」。他不無幽默感地統計：

「以一千二百頁描寫生命當中的十八小時，換言之，一小時分配到七十五頁，每分鐘有一頁多的份量，所以每一行字是一秒鐘。」

這樣的計算當然別有用心，布洛赫認為，《尤里西斯》的機制，是「壯麗的自然主義的紀錄」。十九世紀的寫實主義到了高峰，迎來左拉的自然主義。然而，正是自然主義的極大企圖，解釋或掌握人類社會，展開另一種強調非理性、無意識的文學需求，連帶文學的形式完全斷裂，所謂「現代主義」。

這段文學史已經是老生常談。不過由這位將來的偉大小說家布洛赫的口中說起，特別有意義。的確，《尤里西斯》的時間，主人翁布盧姆的展現的奇幻都柏林日常景緻，確實如他所言是「大幅超越了自然主義」。

《尤里西斯》以布盧姆的十八小時，對照著奧德賽的十年。如此濃縮的結構，不僅是史詩的互文改寫，重塑某種現代神話。喬哀思的企圖，並非某種當代版本的壯遊歷險，譬如先前寫實小說家的包羅萬象的不懈書寫，甚至是凡爾納的《環遊世界八十天》或《海底兩萬哩》、《地心歷險記》等。他的書寫，除了我們必然提及的意識流技巧外，恐怕不得不注意到他的「現在時間」的形塑。專注集中在一天內的所有心智捕捉、語言風格的大跨度轉換、隱涉文本的四散蔓延、無盡的擬仿，看似以目眩的種種技巧，書寫一個都柏林一日的最大可能性。然而似乎在這難解且瘋狂的計畫裡，我們隱隱不安，喬哀思企圖告訴我們的，或許是這樣的一日，即便窮盡一個最好的文學腦袋的全副心靈，終究還是無法掌握的。

《尤里西斯》讓這龐大的、不可能窮盡的一天，成為了神話。

於是，這樣都柏林的一日，一九〇五年的六月十六日，成為了神話化的日常。

或說，日常變成神話，如此弔詭的，我們竟在現代主義的巨大影子中，驚訝地發現我們並不掌握著日常生活。以至於，在文學裡企圖展現的，日常生活無盡展現的可能性，其實暗喻著真實生活的不可能。

像是早一點韓波所說的：「真正的生活是缺席的。」或由這句話所延伸傳頌的：「真正的生活總在他方」，而這他方，必然要無限遠，遠到不可能抵達。終究，在現代主義，「必須絕對的現代」的咒語中，真正的生活是不可能的，這全部巨大的不可能，即文學本身。

這一日無限漫長，我們皆是追著烏龜的現代阿基里斯。

2.

「戴洛維夫人說她要自己買花。」

關鍵字不是戴洛維夫人，也不是買花，小說的首句打開讀者好奇心的，成為她忠實跟蹤者的，是「她自己（herself）」。

一樣是六月天，天氣晴朗。戴洛維夫人決定自己買花，這不是事件的事件引起她的一日活動。

思想會行走，情感、念頭、白日夢、計畫，還有回憶。回憶不會靜止不動，既不會永遠長存，亦不會徹底消逝。意識裡的一切會自己行動，有時有目的方向，按部就班，但偶爾恣意妄為，會逃逸、會躲藏、或突然現身、或突然阻斷去路，也會迷路。

戴洛維夫人走出門外，那奇蹟般的一天，在吳爾芙筆下，一名名角色的心思，滑進了更大的意識平面上。像在空氣中穿行，手張開撫摸著風，那些情緒思想便自然流瀉，就像在最輕鬆無戒心的閒聊間說出的話語。

常識的認知裡，語言是思想的工具，語言表述思想，將內心的世界傳達出來。然而越是專注在語言上，往往反證出內心的難以表述。《戴洛維夫人》流瀉的意識流話語，不難發現，有更多更多的事，是內心獨白亦無法透露的。弔詭在於，透過語言，我們最能體現的也許是，語言當中巨大的不可言明處。而這巨大的不可言明，偏偏只有語言能夠證明。

阿爾比著名的劇作《誰怕吳爾芙？》（也是發生在一日之間）或許將語言的不可溝通性推向更極致之處。在那裡，吳爾芙之名，如童謠吟唱起的「誰怕吳爾芙？」其實意義早已消解在音節之中。還有什麼回答能比這句更好：「我怕。」

戴洛維夫人的心思，隨著行走與意念悠轉，勾出更多的心事。然而真正的心事並非不願想，真正的心思，是無可思想，比難以言喻更加模糊之處。關於那一個許久不見之人，那段可能錯失的戀情，以及自己後來這些，已經無可追溯、無可計較的幸福生活。戴洛維夫人，這不能掙脫掉的名字，決定自己買花。

在這一切的美好之夜，像耳語般傳到耳邊的，關於那個年輕男人跳樓。戴洛維夫人感覺自己像他，且為他這麼選擇「感到欣慰」。

然而，即便如此，「她應該要回去了」，回去加入那個群體，尋找兒女，於是她回去了。

那個男人，無言地將生命結束在那永恆的一天。

戴洛維在今天結束後，仍有新的一天。

我們可能稍微知道，這漫長的一天，其實意義不在永恆。

真正的永恆是她無可逃脫的日復一日。即便有波瀾，仍不驚擾這份，有點難以呼吸的日常。

3.

那一天，傑佛瑞與伊芳擁抱。但也是最後了。

麥爾坎．勞瑞的《火山下》，從回憶起一年前「那一天」的事間開始說起。墨西哥的納華克鎮，像被世界遺忘的角落，足以讓一個支離破碎的靈魂，千里跋涉至此徹底墜落，無藥可救。

英國領事傑佛瑞，令人心碎的酗酒者，如同醫生所形容他內心的痛苦：「這種難受不僅存在於身體中，還存在於那個我們通常稱之為靈魂的地方。」

原以為永遠失去希望，永不可能回歸正常生活，平凡日常如此遙不可及，卻在那天，因為離婚的妻子伊芳歸來有了一線希望。兩個人有默契，他們可以一起離開，重新開始生活。

不過，那嶄新的一頁卻無法翻面，這一天無法翻到明天。

就像他們夫妻重聚，同時有拯救與被拯救的需要與默契，而他們亦清楚，拯救或被拯救，之於他們，是一體兩面的事。最悲傷的部分，不僅在於誰也無法拯救誰，而是誰也不能被拯救。他們皆有一瞬間的幻夢，只是一個馬上就醒了，另一個則沉醉久一點（但無論如何，也只有那麼一天的希望）。諷刺的是，較早清醒的是無可救藥的醉鬼領事，而沉溺在美好明日幻夢的，是過去曾經迷失過自己的女演員妻子，即使：「她真的從未放棄，或者從未喪失希望，停止探尋一種意義，一種方式，一個答案。」

痛苦在於，沉溺在酒精中的他無比清醒，並無法吶喊出真正的話語，喚醒他仍懷抱希望的妻子。無法訴說，就像他寄不出的信所說的：

「在妳離開的時候，伊芳，我去了奧克薩卡。沒有更悲傷的字眼。我應該告訴妳嗎，伊芳，告訴妳那順著窄軌鐵路穿越沙漠的恐怖之旅嗎？（……）我認為自己就像一個發現了某塊新大陸的探險家，可是卻永遠無法將這個發現告訴世人：這塊大陸的名字叫做地獄。所有的一切中最糟糕的是感覺到你的靈魂已死。」

《火山下》的一日，以最殘酷的方式呈現。閱讀時，感到的不是某種時光無限的延展，而是開頭即預示的那個「無可挽回的一天」。這一天，在最大、或至少是最後的希望前錯失，成為最後倒數時光。每一刻時間的逝去，彷彿是一道道關上的門，切斷的機會，一聲聲地宣告無救。全書的十二章節，象徵時鐘的十二數字。正是小說的死亡倒數機制，讀者面對的，不是開展，而是收束。

一再減少，沙漏的沙不停從凹陷溜走，猶如凌遲。

漫長的一日，除了填充、拼貼、跳躍回憶，《火山下》亦運用許多意識流的手法。只是真正內核的，是使用另一種邏輯。以減法的方式，像是古老的寓言：國王每傳一代，權杖就會減半，越切越短，卻始終無法終結（尤其在概念上）。隨著這樣的倒數計時，傑佛瑞的墜落再墜落。

這似乎也暗喻著他與伊芳的距離，無限的近卻觸不著，正如明天如此的迫近、靠近，卻再也無法抵達了。傑佛瑞的愛亦是，近在眼前，卻無法說出口，不停書寫的信件亦無法郵遞出去。

僅有一步，一步之間，卻是深淵。

諷刺或是恩賜，這位不幸的受苦靈魂，那個即使在最悲傷時仍會說著像是藉口的告白：「愛情是賦予我們在這地球上可憐的生活意義的唯一事物（……），或許妳會認為我瘋了，但這也是我喝酒的原因。」這樣的領事傑佛瑞，卻是唯一在「所有人都痛苦」的情境裡，最清楚本質者。他明白，愛與死亡本質是相同的，而生活的本質就是地獄。

所幸，一日再漫長、再折磨、再切分拖磨，仍是會結束的。

文學裡所有漫長的一日，都彷彿比人生，還要長上那麼一點點。那一點點，也許就是類似永恆的一種形式了。

蟲子的思考

1.

不需鋪陳，卡夫卡《變形記》的開頭給予讀者的情境，同步疊合在主角薩姆沙乍現的意識：「一日清晨，葛雷高．薩姆沙從擾人不安的夢境醒來，發現躺在床上的自己變成了一隻龐然古怪的蟲。」

自然，也不需要對讀者解釋與設定（他為什麼變成蟲？怎麼變的？）。就一如我們大多數人，在擁有意識以來，並不會特別執迷去質問「我為何有意識？」「我為何在這個世界？」「為什麼我是這樣的存在與這樣的活著？」這類的問題。

這幾乎是最好的小說開頭之一，甚至一句話便完成了小說。光這句話，已經足夠稱為小說。

於是，我們看著不知道自己身上到底發生什麼事的薩姆沙，隨著他思想，觀看，聆聽，艱難移動，這個囚禁在巨大蟲子的人類靈魂。

奇怪的是，在卡夫卡如此冷靜呈現下，變成蟲的驚悚感與困惑，移轉到這平凡人的意識上。

薩姆沙並不慌張，內心問了一句「我怎麼了？」後，觀察窗外，惱怒睡姿不自在。然後抱怨了工作與生活後（能感覺積怨已久），才驚醒過來。不是為了這副身體怎麼工作、會不會恢復、怎麼跟公司解釋等問題。而是他發現他錯過了早上五點的火車。

他思忖該如何解釋，「工作五年來，不曾生過病」的他，以怎樣理由交代。他的憂慮並沒錯，一個小小的失常，竟引來經理到府詢問。

短短的思慮間，沒有情緒，卡夫卡讓我們看到他活著的姿態：生活準時，工作上不曾無故曠職。一如火車，而且始終在常軌上。火車，不正是現代生活最大的象徵之一？

薩利姆錯過的，不僅是一兩班火車，他徹底地落在全人類的常軌之外，錯過整個人類生活。不僅遲到，他注定缺席了。

2.

接著小說進入了另一種日常。薩姆沙囚禁在蟲子身體裡，亦囚禁在家庭關係裡。既像囚徒，亦如放逐，放逐在家裡，所謂「角落」，不可見或視而不見之處。

他與家人彼此囚禁，陷入緊張關係裡。這當然是卡夫卡先驅的「密室」，「他人即地獄」的高密度展現。薩姆沙過去所有為家庭的犧牲，換取不到任何情感，反倒成為麻煩。

只是這雙重囚禁，殘忍點說，不過他一直以來的生活樣貌。他所辛苦的一切都是為了家庭生計，一直身不由己地活著。於是弔詭的，「變成蟲」這件事所引發的雙重囚禁，反倒是鬆綁。是那緊繫的鏈鎖鬆開之際的陣痛，而平時早已麻木。

變成蟲，然後失去了可以溝通的聲音。他無法再為工作負責，無法為家庭承擔。作為累贅，他也不再去想會錯過哪班火車，不再擔憂家計。他在意起身體感受、會疼痛、喜愛爬上天花板。成為蟲的他，不知不覺開始為自己而活。但另一方面，當他開始「為自己而活」，在他的命運中，猶如為自己「社會的我」宣判死刑。

他也許知道，這與變不變成蟲無關，在這社會，包括家庭，他都只能為別人而活。

3.

不是每個小說家都能如他讓人強烈感受「卡夫卡的世界」。這使得我們在其中的觀看與感受，與自己所在的世界，亦產生疏離。這疏離感，同時讓我們不得不面對生存本質的問題。

薩姆沙變成了蟲還考慮著工作十分荒謬。然而當我們回頭思想，作為一個人，這般思想慣性不是隨處可見嗎（包括我們）？這常態，其實相當變態。換句話說，為什麼身而為人，我們如此思想與作為就不奇怪呢？

現代人的種種異化，關於一個人如何跟他的勞動疏離、跟生活或生命疏離、跟家庭情感疏離，卡夫卡的《變形記》幾乎做了最好的展示。不以理論家式的思考，而是直接呈現現代生活異化者薩姆沙的意識。讓他以巨大蟲子的特殊存在條件中，一個家庭中最為疏離又迫近（且威脅）的一份子，見證家庭成員同樣異化的心靈。憤怒的父親，哀傷而無能的母親，情感最緊密的妹妹。

悲傷的是，看似最有「人情」的妹妹，也在這給定的新的生活條件裡（她從認為蟲子是哥哥到否定的過程相當重要），成為「會算計的」一份子。

他終於一點牽掛也沒有了。作為人類的薩姆沙，一點也不復存，在這世界上未留下一點痕跡。

這是最好的結局，連哀傷都省去了。

翻譯卡夫卡

1.

多年以後，亞歷山大・維亞拉特（Alexandre Vialatte）仍然記得那個下雪的早晨。

彼時他住在美因茲城（Mainz）已數載。透過讓・浦朗（Jean Paulhan）的介紹，他持續為《萊茵河畔》雜誌撰稿，將「在萊茵河那邊」的種種轉譯給法國，一如他長期座落之處，德法文化的交界，文化交換與混合變種的模糊地帶。他讀書、翻譯，固定供稿給雜誌，一面思索自己的寫作。連日的雪積滿了屋頂，太厚重的，就隨著屋頂的斜坡滑下，告別屋瓦，摔落，地，發出聲響伴他入眠。

某個冬日，門鈴突然響起，如同巨響，震醒了整個屋子。維亞拉特放下蓋在身上的毛毯，前去開門。一個男人在他眼前，留著俾斯麥式的大鬍子，身上沾滿了雪片。

「像棵聖誕樹一樣。」他既幽默又認真地想。

因為他的遲疑，眼前的男人遂正經地說：「先生您好，我是郵差。」為了怕這外國人聽不懂，他重複一次，說完後自己爽朗地笑了。

「聖誕樹」說話樣子對他而言充滿喜感。可是他並沒有笑。他假裝意會，默默地接下「聖誕樹」遞上的包裹，簽收，禮貌道別。回過身來，壁爐的火燒得正旺，門關上後，雪氣一下消散。如夢乍醒。他將包裹放在桌上，方才的記憶已經模糊，模糊得如此深刻，彷彿永遠抹不去了。他走到壁爐旁烤火，等指尖暖，慢慢拆開包裹。

一本書。書名《城堡》。他沒有多想地翻開書頁。這是維亞拉特第一次閱讀這位陌生的捷克作家，卡夫卡。

2.

一九四七年，當巴侯（Jean-Louis Barrault）將《審判》搬上舞台前夕，維亞拉特憶起二十多年前的那天。這不僅是關於卡夫卡的回憶，重要的是整個回憶的方式，尋回的細節，都已經卡夫卡化了。

「夢境自河面升起，我因之停駐。夢境知道許多的事，除了它們來自何方。」維亞拉特想起當年在萊茵河畔的小屋同時想起卡夫卡的這句話；那天落在美因茲的雪，與K抵達村莊所見的雪景重疊（「K抵達的時候已經很晚了。厚厚的雪覆蓋了整個村子。」）；而郵差，對日後追憶的他而言，自然就是土地測量員了：多麼平凡又奇妙的職業。更重要的是，他開始讀《城堡》，然後世界不再相同：「空氣與光線軌跡更動；難以捕捉的變形；邏輯不再是原來那個；有片毛玻璃將我與事物隔絕開來。」

於是，一九二七年，維亞拉特在《新法蘭西評論》發表他所翻譯的《變形記》（同年翻譯《城堡》章節若干於《萊茵河畔》雜誌），卡夫卡首度出現在法國；一九三三年《審判》與〈地洞〉；一九三八年《城堡》；一九四六年《美國》；一九四八年《在流放地》；一九五〇年《中國城牆》；一九五六年《給米蓮娜的信》。多虧了浦朗與紀德等友人，維亞拉特翻譯的卡夫卡得以在伽利瑪出版社（Gallimard，幾乎可說是二十世紀最重要的法國出版社了）持續面世。翻譯跨度長達三十年。

可以想見，在法國推行這位當時默默無聞的捷克作家，初期並不順利。維亞拉特很清楚地記得，當他展開工作計畫後，正值納粹興起，有段時間卡夫卡的作品在德語世界被查禁，得靠他的法語譯本傳遞香火。不遺餘力，在法國把卡夫卡「重新生出來」。

「卡夫卡是神，只是沒人認識他，於是我成為他的先知」，維亞拉特說。是以，他是帶著傳教般的心情教人認識卡夫卡的。然後，大戰發生，世界從噩夢驚醒，或是頓悟身在未能醒的夢魘裡。時代風向一轉，卡夫卡「被發現」，甚至「被需要」。從歐洲蔓延到美洲，群起去理解這不被理解的作家，為寒鴉添加外衣。

在法國，四〇年代初，卡繆於〈卡夫卡作品當中的希望與荒謬〉一文（後收錄於《薛西佛斯神話》），以「荒謬」指辨其作品。存在主義在法國獨領風騷之際，除了忽略其差異地將沙特與卡繆以「荒謬」概念牢綁在一塊（即使卡繆花了許多時間否認），也順勢地，將卡夫卡與其嗜讀的齊克果，一併被供上列祖列宗的位置。巴侯將卡夫卡作品改編成戲劇也歸此潮流。

對於此，維亞拉特說：「我並不意外。」

多虧了維亞拉特，卡夫卡在法國的命運有點不一樣。當世界遲來地發現卡夫卡的價值，欲開始挖掘卡夫卡的作品時，卻發現維亞拉特已經默默地將他諸多重要作品都翻譯成法文了。

彷彿一切都在那，等待你翻閱。不必追趕著，花費大量心思轉譯。卡夫卡對當時的法國人來說，像只是個等待被發現的法國作家一樣。

3.

維亞拉特不可能不喜歡卡夫卡。然而他說：「我一直冀望不要認識他，他之於我永遠是神祕的。」為什麼？「切莫觸摸偶像，否則黏上指尖金粉無可甩脫。」他以福婁拜的話告誡自己。

請聽他的告白：「卡夫卡對我來說不是個客觀存在的主體。一直以來我熟稔他，翻譯他，我喜歡他，我捍衛他，我經營著他，我作為他的先知，一直以來我與他攪和在一起（然而這麼長的連帶之中，不可能沒有口角與爭執的）……一直以來，我是他的法國馬，其他時候充當他的騎士，偶爾也是他的影子、藤蔓與雜草，一直以來我拒絕認識他……一直以來我禁止自己評斷他，因為身為一位『家屬』沒有資格當證人，長久下來他成為像我童年回憶那樣，那麼鮮明、無法評斷、無法討論……我一直試著讓他沉默，像童年回憶一樣靜……他是水中水，無法分離。」

豈不矛盾？既為先知，既為座騎時兼騎士，如何能同時拒絕理解卡夫卡？如何能夠向眾人介紹一位你不願認識的人？

他說謊，當然非常可能。問題衍生：為什麼說謊？為什麼他有資格說謊？

原因無他，這段表述已清楚展露，維亞拉特的「卡夫卡焦慮」不在於他是譯者，亦非詮釋者，而是根柢的，在於他是個創作者。

一個作家面對另一個作家。「卡夫卡不讓我平靜」，維亞拉特說，「像〈地洞〉中那個地鼠，他鼻子緊貼著我。」；「我肩負著他卡夫卡過河，而他故意戲耍我，一下重到我無法承擔，一下又變輕到我感覺不到。」

自我的搏鬥，卡夫卡是最難纏的對手，維亞拉特挑上的對手，他選擇怎樣的擂台，決定怎樣的策略殺出血路。

虛構之力如此強大，唯有虛構足以對付，維亞拉特想必深知這點，因而說謊。所以他說：「我有意錯誤詮釋卡夫卡。」

「長久以來，我誤解卡夫卡，這對我而言是必要的。」

在遇見卡夫卡的那一刻起，維亞拉特的寫作之路就注定滿是荊棘。無論理解或誤解，他的寫作無可迴避，永遠同時是卡夫卡讀者。維亞拉特的為難在於，追求自己書寫的原創性，是以在每刻的書寫活動中，殺死他鍾愛的作者為代價。

然而他不願意。一次又一次的，他宣稱：「我不想認識卡夫卡。」他希望卡夫卡一直是神祕的，一如他們初次相遇。或許他得當猶大（背叛耶穌），或是彼得（三次不認耶穌）。或是自我放逐，或等待他復活。

我們當然不會知道，只因那是一位作者真正私密所在。

4.

「城堡有神祕與超驗的東西在，它像在一切的時間與空間以外」。

一九二七年，《城堡》以遺著之姿現世隔年，維亞拉特於《萊茵河畔》雜誌第一次向法國讀者介紹卡夫卡。他終究不願狹義地解釋他，譬如反諷官僚體制。論《審判》：「有什麼東西回應我們的慾望。這並非單純的回應。所有想澄清這回應的嘗試都是徒然……沒有保證，不確定。一切擱淺。不過，可能性也這樣一直存在。」很久以後，當維亞拉特的大部分作品也成了遺稿，另一位來自捷克的作家米蘭．昆德拉，在其《被背叛的遺囑》中，以卡夫卡的正確詮釋者姿態面對法國讀者，將維亞拉特與其他評論者綁在一塊，說他解釋K有罪是因為他取消婚約的緣故。這回，即便維亞拉特被大多數人遺忘了，依然很快有人出來平反：維亞拉特從不把卡夫卡的情節作為寓言，不去談論那些故事的背後指涉，對他來說，毋寧說是預言、神諭。

維亞拉特反覆說道《城堡》裡的某場景（出現在第三章）：一日，在芙麗達的指引下，K透過鑰匙孔窺看到城堡高官克利姆正在辦公桌後抽菸。但這重大插曲於事無補，K對於城堡仍不得其門而入。不過，維亞拉特在此看到通往自己的作品的美學鑰匙：「假如卡夫卡的作品奇怪，那是深植於根本的。他用屬於他的特殊角度去看我們習以為常的事物，並使之成為我們認不得的樣子。」他為這孔窺場景創造出名詞：沾水筆尖般的微小回憶（可以想見，他的個人理解中添入另一個他鍾愛的作家：普魯斯特）。他的卡夫卡，正是使用這微小器具，改變了讀者整個視野，像有片毛玻璃蓋在眼前，現實同時熟悉又遙遠。進入了使我們思考失效的外星邏輯，一切無法認識。維亞拉特不「除魅」，不去讓卡夫卡的作品成為可理解的，可（日常）邏輯解釋的，若他真有詮釋的任務，也是保護他的神祕，甚至推向更遠。

「放手於不屬於我的東西多麼折磨」，維亞拉特對友人說。不論他成功闖出自己的原創性與否，卡夫卡本身沒有扼殺他的寫作，他的第一本長篇幾乎與第一篇卡夫卡翻譯同時出版。他生前只出版三本作品，過世後整理出的小說卻有十多本。

僅供參考：

一九四二年的《忠誠的貝傑》（*Le fidèle Berger*）。造橋工人貝傑參與戰爭被俘，苦難之中記憶混亂。求生的意志與現實折磨使他產生幻覺。他記得戰爭發生前要幫好友普朗聶守護重要祕密，一個他已經想不起來的祕密。在禁閉之中，他信守諾言，逐漸瘋狂：他聽到妻女被虐的呼喊，只因逼問那個祕密。他試圖自殺，但被解救，經過了醫院調養，恢復的他回到村莊，遇見了他以為已遭遇不幸的普朗聶。忠誠的貝傑，發現普朗聶不記得有什麼祕密，就算有，也早就不重要了。

一九五一年的《剛果的水果》（*Les fruits du Congo*）。費德里克與村莊的少年朋友組成小團體，創造關於河洲的神話，以及幫他們的同齡夥伴、一位叫朵拉的女孩編造故事。他們編織的神話當中，有位叫帕那多的角色，作為所有邪惡的各種變體。後來，殖民戰爭發生，四散之中，費德里克失去朵拉的消息，她也未出現在他們曾相約的水車那。後來發現，朵拉被殺了，被一位因進入殖民軍隊而發瘋的律師無來由地刺殺。所有的童年伙伴，都在帕那多的各種面貌中，一一成為命運犧牲者。最終，費德里克成為迷失於夢境的老人。

可以這麼說，維亞拉特的小說，都感覺得到卡夫卡的存在。有時為了驅趕，他會特意仿效（pastiche），像普魯斯特，會透過刻意模仿他喜歡的作家，來洗除他鍾愛作者在他無意識中留下的、讓他會不自主仿效的力量。卡夫卡甚至滲入人物裡，譬如《忠誠的貝傑》的主人翁，看到行刑的場面，不禁想起：「像條狗」這台詞，換句話說，小說的人物已經是卡夫卡的讀者了（出自《審判》的最終場面）。何嘗不是一種策略？要讓自己寫的人物不跟卡夫卡一樣，就讓他們成為卡夫卡的讀者。有意識或無意識的，維亞拉特小說的世界裡的所有人，都在一種「已被卡夫卡影響過」的情景下，面對他們的命運。

寫作的維亞拉特，或許夢過，初遇卡夫卡時，作為背景的，流過門前的那條河。他夢著卡夫卡，或在卡夫卡的夢裡。「夢境自河面升起，我因之停駐。夢境知道許多的事，除了它們來自何方。」他將會躊躇，喃喃地，對著不確定的方向回應：「夢境沒有源頭，它們預先存在，現實由此而出。」

雪依然染白大地，直到空間與時間都失去意義。

愛與不愛都盲目

1.

左拉，在寫出《娜娜》、《酒店》「盧貢－馬卡爾家族」[18]系列小說前，他的處女作，卻是堪稱夢幻的短篇童話集《給妮儂的童話》。首篇的〈愛的精靈〉，不免令人莞爾或訝異：這故事相當的迪士尼。

故事開頭，小女孩妮儂坐在火爐邊，聽著大人對她說：「聽吶，妮儂，十二月的冬雨打在窗上，風在外頭咆哮，可憐的窮人坐在富人家的門口，而富人們正辦著舞會……」。故事說著，有個美麗的女孩住在將軍叔叔的城堡，像是一顆溫暖的心囚禁在冰庫裡。她整日眺望遠方，渴望溫柔。直到有一天，有個透明羽翼的愛的精靈出現，允諾了她愛情。愛的精靈怎樣促成愛情？祂不僅送上帥哥，讓他順利進到城堡。那晚，在火爐邊，在帥哥正聽著城主講著乏味的豐功偉業時，精靈用祂的羽翼保護戀人，他們安全地在冷酷的城主眼前親吻相愛而不被發現；

---

[18] 埃米爾·左拉（Émile Zola，1840-1902），法國作家。《盧貢－馬卡爾家族》（*Les Rougon-Macquart*）類似巴爾札克《人間喜劇》計畫，包含著二十本長篇小說，一千二百個人物，貫串在這一系列共享同一個世界的書寫裡。

另一個場景，則是在花園噴泉幽會被人撞見時，用羽翼保護他們，順利逃開。精靈告訴年輕的戀人：「缺乏愛的人，才會被我透明的羽翼遮蔽」而相愛的人，則在此之下被保護。

這似乎是情感教育的最基本，不是要你無條件地行善、不為惡、遵守教條，只是那麼簡單地告訴你：請看，請傾聽，懂得愛的人才擁有的能力。失去愛之人，是看不到也聽不見的。

即使往後的左拉寫起不一樣的作品。仍然沒忘記這準則。德雷弗斯事件[19]，他大聲地控訴不正義，也喚起了許多人的視而不見與聽而不聞。

2.

你這樣被教導長大。你有許多的精力與想像，而世界還很新鮮。你也許會遇上一些時刻，你不但聽見了，也看到了需要幫助的人，彷彿你伸出手便能改變一個不幸命運的困窘。甚至遇上另一個震撼你的靈魂，在此，你品嚐了愛情。像被愛的精靈眷顧著，在一個僵硬冷漠的世界，你的感官與感受在愛之中放到最大，胸腔裝不下你澎湃的情感，世間的詞彙無法歸類你的感受。

這可能是某些人的文學啟蒙時刻。情感教育，似乎正是理解世界上不解之謎，確認自己的價值的重要方式。

儘管無法一次回答所有問題，褚威格《焦灼之心》裡的難題值得思索：一位窮軍官巧合進入了駐紮地附近的地主家。第一次到訪，因為不熟知禮儀，怕失了禮數（一種自尊心的表現）而邀了下肢癱瘓的地主女兒跳舞，傷害了對方。在歉窘之下他用盡心力賠罪，從此經常出入於此，成了那家破碎心靈的支柱。他為自己帶來的歡樂感到滿足，卻漸漸地無法承擔那一家人對他的過度期望，包括癱瘓女孩炙熱的愛。

小說裡的癱瘓女孩的主治大夫看得最清楚，他警告軍官：「同情跟嗎啡一樣，只在開頭時對病人是靈藥。」你會被要求越給越多，直到無法給予，這時就會將對方推到萬劫不復。作者在此拋出非常難解的課題，所謂兩種同情：一種只是見到不幸時的心靈焦灼，另一種是情緒較少，卻是抱持著要陪對方走到底的決心承受磨難。

難就在，看見溺水者而縱身一跳往往是自身的賠命；許多單純善心往往造成更不幸的結果。

---

19 德雷弗斯事件（Affaire Dreyfus），發生於十九世紀末的法國。當時第三共和的法國，在國族主義發展間，隱然也有反猶主義醞釀。德雷弗斯作為亞爾薩斯出生的猶太軍官，被指控通敵德國，受到監禁。

德雷弗斯家屬四處奔走，終於打動左拉。一八九八年，他於《震旦報》發表知名的〈我控訴〉（J'accuse）揭開冤獄。法國在幾年間，因為此事分裂成贊成與反對重審德雷弗斯案兩派，左拉本人甚至被控告。知識分子一詞也在此時風行。

此案最終在一九〇六年獲得平反。

3.

《焦灼之心》裡的小軍官，付出了同情（儘管保持歉疚或某種自得），卻無從看見明擺的事實。所有人都明白癱瘓女孩的癡愛，唯獨當事者渾然不覺。彷彿左拉的愛的精靈的透明羽翼遮蔽的是所有陷在情感之中的人。沒有愛的人視而不見，在愛之中卻有另一種（或不只一種）盲目。

普魯斯特《追憶似水年華》裡的斯萬，被愛折磨千百度，才終於體會到「這麼多年來，幾乎想死，卻把我最偉大的愛給了一個並不是我喜歡的型的女人。」；或是敘事者總無法像迷霧般看著一再逃離他掌控的阿爾貝提娜，妒火燃燒至死方休，可是總到最後才發現最終的祕密往往一開始就該知曉，只是我被遮蔽了。

或是《情感教育》的腓德烈，在年輕時屢犯愚行，錯過愛情的二十年後，兩人終活成鰥寡孤獨時，與阿奴爾夫人互相確認，並心想著當時若能互相愛著能有多幸福；或是《紅與黑》，要到了生離死別的最後，人生沒有多的可能性之際，于連死刑前夕才明白當初在德瑞娜夫人身旁散步的他，已擁有幸福，卻因飛黃騰達的野心而放手。

普魯斯特的愛情隱喻，似乎以畢生之力回答我們的問題。是的，你傾聽，你看見，你遇見愛。你開始去「認識」這個世界，然而真正的認識始終是再認識。換言之，彷彿得要錯過、失去後，在多年之後的回望，才能懂得。

〈愛的精靈〉的故事裡，左拉的精靈在愛人相聚後讓他們分離，只留下一個定情物馬角蘭作為見證。這是成長故事不得不然，因為再理想安全的世界裡，也無法永遠以羽翼保護，否則這對小戀人也將被羽翼隔絕，看不見這世界。

文學的情感教育依舊秉持在「看見」、「使人看見」的訓練，而且永遠保持一種殘酷，你因愛而完整的歷程中付出的代價，預先無法預料，總是會更多的。然後才在最終之時，像心中成長出另一隻眼睛，「看見你的看見」。

這時候，情感教育，才終於完成。

遇上一位街頭藝人，孤獨地站在人來人往的人群中。
他的表情、肢體皆有某種成熟的表演感，然而他沒有吸引任何人逗留。只給他一眼的時間，有些是微笑，有些是冷漠。他的表演沒有橋段，沒有主題，只是朝著所有的經過的人做出一個表情，一個動作，像是送給每個人一個姿態，而毫無理由。
然後我們對視，我拿下鏡頭拍了一張照片。
只有這麼一刻，之後拍了幾張，他都不再看我了。無論他擠出表情的方向多麼接近我所在的位置，我也明白他不再給我任何眼神了。

虛擬實境的愛情

1.

VR的技術已經能普及到一般人，各種VR的影像與互動裝置，試圖抹消我們對真實與虛擬的想法。

對於這席捲人類的體驗革新，也許對於文學而言，難以掀起些許的激情，哪怕是危機感。或許有一日，文學將死，或是文學早已死亡。那也從來不會是因為科技推動的虛擬。畢竟虛擬這件事，在文學裡，早已走到更遠的地方了。

文學追求的虛擬，不僅是擬真、不僅是完美再現、不僅是憑空造物、不僅是種種幻覺栩栩如生，各種假以亂真，比真實還要更有真實感的影像。

文學虛擬的，是虛擬的虛擬，在虛擬裡的再度虛擬。最終，這虛擬裡面所虛擬出的真實，終究爆破了我們所在的現實。

2.

凝視某個影像，為此癡迷，忘我。勾魂，喪失意志與對生活的興趣。

愛上影像的詛咒，即便是自己的倒影，亦是詛咒。猶如希臘神話的納西瑟斯，迷戀上自己的水面倒影，直到憔悴致死。無可救藥，愛上幻影必然死亡。畢竟以有限肉身，愛上不朽幻影，必然無法逆轉。

波赫士的摯友與對手，阿根廷小說家阿多弗・畢歐・卡薩雷斯[20]，人稱「天才的畢歐」。在他嚴格意義下的處女作《莫雷的發明》裡，訴說著一個亡命之徒，徹底愛上瘋狂發明家所創造的永恆影像的故事。

小說以逃犯「我」的手記來呈現。「我」在窮途末路下，聽了建議，逃亡至「鬼島」：不僅無人、物資貧瘠，還會染上致死怪病。「我」的逃逸狀態，並非由死往生奔去，而是命懸一線地繞行於死亡。

作為背景的那座島，則有點愛倫坡式的惡趣味，有一座博物館，一間教堂，一座游泳池。完工且遭廢棄。假使荒島就罷，藏有蟒蛇、毒蟲或猛獸也不足為奇，但這裡，並非人類對抗自然的求生物語。「完工卻廢棄」的文明產物（畢竟留下的是如此奢侈的文化產物，而不是工廠、農舍、醫院），特別適合上演著鬼故事。

這樣的場景，本來就並非為了活人。作為一個活人的「我」，是貨真價實不速之客。鬼魂不是侵擾這世界的存在，人才是。

若說，整本書的關鍵是「莫雷的發明」，然而一個完美的機器，要有發揮的場所，要有見證其效果之人。換句話說，不一定要操作者，也不一定要有用途。奇妙的發明，需要的是場所與觀眾。這裡藏著雷蒙．胡賽[21]的經典作品 *Locus Solus*（意思是「孤獨的場所」），也是一個科學家，邀請一群人參觀他園區裡奇妙且詭異的發明。

事件只能在此發生，而且只能發生在這個人身上，《莫雷的發明》把故事元素縮減得極為乾淨，因此運行也相當順暢。「我」這個意外的闖入者，是最好的觀眾，更重要的，「我」善於記錄，將孤身一人所見證的事物完整記下。

「我」先愛上一個女人，窺視著她，甚至冒著被舉報的風險與她告白。她與一群人莫名其妙地現身於島上，根據對話，知道她叫福斯蒂娜。每晚的潮汐，鬼魅般出現又消失的人們，唱片裡的音樂。逃犯「我」躲藏間，不懂他們這群人出現的邏輯，亦無法看穿他們是影像的本質。「我」是影像世界的雜質：「我」需要影像，影像卻不需要他（不需觀眾）。因此「我」亦是是最透明的，「我」的一切作為，影像皆無視。「我」彷彿才是鬼魂，是死者，影像永恆。

---

20 阿多弗．畢歐．卡薩雷斯（Adolfo Bioy Casares，1914-1999），阿根廷作家，人稱「天才的畢歐」。儘管在國際上波赫士的聲名遠勝於他，在當時的阿根廷則享有同樣高的地位，兩人也有相當深摯的友誼。《莫雷的發明》是波赫士認為的完美作品。
他的妻子席維娜．歐坎波（Silvina Ocampo）亦是小說家，同時是知名的阿根廷女出版人維多利雅．歐坎波之妹。

21 雷蒙．胡賽（Raymond Roussel，1877-1933），法國作家。年輕時繼承龐大遺產，於是一生精力都在書寫獨特、難以理解的作品，大多自費出版。蒐集世界各地詭異的收藏，也充滿了發明創意（大多數是無用的發明）。他的《非洲印象》（*Locus Solus*）的神祕難解，將寫作的字謎遊戲拓展到無人能及，注定無法被大眾喜愛，卻影響了後代深遠。例如超現實主義、烏力波（Oulipo），甚至傅柯唯一的論作家專書就是談他。

遠眺 Etretat 的象鼻岩。
大白天的烈日令人無法直視，輪廓融在白光與海面反射的光線裡。我調整鏡頭，架好相機，將太陽壓縮成星芒，如此銳利，割出了象鼻山的剪影，也割出了海岸線與海平線，與海上的小舟。
以及右半部，更為幽暗的海與天。
思想光芒的銳利，不是為了照亮黑暗，而是為了剪出事物的影子，以及呈現照亮不到之處到底有多麼的黑暗。

然後，謎底揭開。莫雷的發明，可以全面「消弭距離」，譬如電視是消弭視覺距離限制，廣播可以消弭聽覺距離。他的機器則可以將一切「錄下」。這全面的錄製的結果，莫雷說了一句意味深長的話：「所有的感官都協調一致時，靈魂就出現了。」

影像有靈魂。除了錄下來的影像，除此之外，沒有任何其他回憶。於是觀看者留下的印象，一切試圖留下的記憶，皆像是雜質，在密不透風的影像裝置裡，終究被排除。影像在永恆，他在時間，他才是在「之外」的那個人。

影像應該被接收才會存在。莫雷的發明卻讓影像先行存在，一直存在，接近永恆。於是，「我」才是之於這影像劇場的短瞬存在。影像實存，看得見影像卻不在影像的視界中的「我」與「我的記憶」才是存疑。

科學的除魅使得「我」無比痛苦，對於這些影像感到厭煩、噁心。且領悟「愛上當中一個影像，比愛上一個鬼魂還要糟糕」。

「活著，當一個最幸福且必朽的凡人。」就此欣賞那永恆的影人而無人叨擾，直到機器壞毀或自身死亡。或是「我」閃過的魔鬼念頭，以自己本身無可逃避的死亡為中心，換取另一種以死亡為代價的結局：自己變成相同的影像。

作為小說的人物（即，虛擬的存在），必然選擇的結局，是虛擬。

「我」操作了錄像，在原來的影像中複寫入了自己。對這影片熟悉不已的「我」，偽裝與虛擬實存的影像互動，直到自己肉身消失，成為影像。於是，在此策略下，「我」不再是影像世界的對立，「我」進入影像，終於安然作為一名觀眾。「我」化為第三人稱，是福斯蒂娜身邊的「他」。複寫上去話語、互動，像是這影像裡原來就有「他」。

《莫雷的發明》的解釋有些生硬。總之，一但化為永恆的影像，現實的肉身之軀，便會毀損。如字面上所言，化為永恆。或不那麼優美地說，必須犧牲現實來換取影像。

那終局如此優美，儘管小說的最後，「正要」踏入故事的最後結局：「我的靈魂還沒有過渡到影像去，不然的話，我應該死了，（也許）已經看不到福斯蒂娜了，這樣才能跟她共處在一個人人能破壞的幻覺裡。」

真正的永恆，不僅以死亡為代價，為了和最愛的影像同一，捨去了「觀看」。失去了觀看，對於觀者而言，同等於永遠失去觀看影像的幸福。如同影像消失。影像終止那剎那，永恆發生。最後一刻，即將實踐願望之際，「我」仍希望，若往後有觀眾，能將這複寫進的疊合影像，真正整合起來，真正理解「影像（福斯蒂娜）」的意識。

可謂對於影像最癡情的告白了。

3.

電影《去年在馬倫巴》裡，開始於重複長廊運鏡，配上一個義大利口音極重的法語，反覆敘述場景：聲音說著「又一次，再一次」，無數的長廊、沙龍廳、展示廳。巨大的、古老的、奢華的、巴洛克式的古堡建築裡。淒涼的，一個接著一個的長廊。在這場景裡的死亡明示，是死亡並非一次性的戲劇性事件。生才是一次性的、短暫的，而死亡無窮盡地重複，無法逃脫。因此冰冷（熱度隨時間散去）、沉默（因為語言在重複且無法遁逃中毫無意義），猶如沙漠。金光熠熠的裝飾反照出黑暗。長廊還是長廊，無盡的。過於裝飾的大廳，與寂冷的房間。

無人稱的觀看畫面，與無人稱的聲音。畫面無人，無事件，彷彿也沒有時間。出現了人，劇中劇，與看劇的人。奇怪的是，舞台上像是目前為止，甚至一直到電影結束，最為真實、溫暖的人際互動與對話了。觀眾坐在底下，穿著體面與優雅，並不熱衷地看著，猶如雕像，整齊劃一地觀看舞台。

於是，一男，一女，不能說相遇。相遇需要偶然，或是命定的必然。非此非彼，他們交談，卻無關係。交談不斷，兩者維繫在陌生人。彷彿談話不是為了建立關係與情感，而是相反，之所以交談，是為了維持距離，彰顯「無關連」，證明他們的陌生。

那是他們的交談與互動的「形式」給人的感覺。然而話語的內容，乍看摸不出頭緒，仔細推敲卻令人毛骨悚然。他們不僅不是偶然，也無命定，男人深情述說，說他們去年此時，在此處，馬倫巴，相戀。不僅相戀，亦相約隔年再來此地相會。他會帶著她走，自由的，快樂的，如他承諾的那樣。他帶著她，像是幽會般行走在城堡旅店裡。

另一方面，他們並非安全地幽會。疑似女子的丈夫如影隨形地窺視著，與陌生男子遊戲，或是意味不明地練習射擊。他帶著她，在雕像花園裡流連，說著一則一則的故事。提醒她：這些，去年我們都說過了。但她否認。沒的，沒這回事。否認過去，卻繼續與他一起，聽他說，然後否定。也許真的發生過只是他認錯人了，也許那是一種異常的誘惑者謊言讓她一步一步迷惑（猶如莒哈絲《如歌的中板》[22]裡的男女對話），也許那是她真的失憶了，也許是她以更大堅決的意志說著謊否認著他的話語（卻沒有拒絕聽取）。

也許都不是，男人也許如《莫雷的發明》裡，化為影像的男人。在電影裡，他們終於相遇。他（曾）有時間，而她永遠只有現在。她無法抗拒命運，安排在他身邊，那個佯裝是情人的男子。而另　個觀看者，同樣漠然的女人的丈夫，則是更遠更疏離的，早早知曉這是電影的騙局。冷眼看著誘惑者永遠不可能實現的誘惑，即便他能動起她多少的慾念。他說著，而她否認著，那無從理解的在她時間之外的話語，可是無法拒絕。否認，卻無法拒絕。

《去年在馬倫巴》以電影（導演雷奈與小說家霍格里耶的完美合作），重新演繹愛戀影像這件事。在我們觀看影像之時，影像質問自身的存在。對於她與其他人而言，過去不曾存在。她就像影像，每一次都是現在。周而復始。她的過去並無經歷，既然設定如此，她只需依此行動，連靈魂都是囚禁的，給定的。亦沒有未來。一旦影像結束，待重新啟動，回歸原點。若誘惑者真的帶有時間，在時間之外觀看她非常久了。那麼他在此的哀傷確實其來有自，擁有時間感，面對所迷戀的永恆影像，是多麼的絕望。他希望她相信有個過去，未必相信他們是相愛的，也未必要相信他能帶走她。其實，誘惑者想要的，或在此我們假想的，那個逃犯「我」闖進了影像想做的，最終成為一個單純的願望：

---

22 瑪格麗特·莒哈絲（Marguerite Duras，1914-1996）的《如歌的中板》（*Moderato Cantabile*）出版於一九五八年，到了這本小說，莒哈絲才找到屬於她的獨特風格。

毋需相戀，亦毋需約定，毋需記憶。只要妳相信，去年在馬倫巴。僅此足矣。
那一瞬間，影像擁有時間，真正的愛情，也就發生了。

流放墮落通往愛

1.

智利小說家波拉尼奧[23]在其雜文集《括號之內》（*Entre paréntesis*）寫下一段關於偷書與閱讀的回憶：

「有本小說，讓我脫離了苦海，然後再墮入另一個地獄。那是卡繆的《墮落》。即使，我吞嚥閱讀這小說時，是坐在阿拉米達的某座長椅上，被墨西哥獨一無二的白日照耀，包圍在喧囂中的或紅或綠的光影裡，但關於這本書的一切，卻如一道可在光譜明確辨識的光，如靜止般永恆的晨曦，留存在我的記憶裡。我沒有錢，一整天都是自己的，意思是，整個人生、所有安排，都是隨我意的。讀了卡繆，竟一切都變了……自從我在書店偷來這本書，並把它讀完之後，我從一個有分寸的讀者變成一個貪婪的讀者。原來是個偷書賊，竟變成了書籍搶匪。我

[23] 羅貝托．波拉尼奧（Roberto Bolaño，1953-2003），智利詩人與小說家。青年起便遊歷世界，如他筆下的年輕詩人、作家，成立理想性高，卻難以克服現實苦難的前衛文學團體，徒勞追尋失蹤的文學形象。

儘管英年早逝，他的文學成就也相當晚才被認識，然而他的小說《荒野偵探》與《2666》為新世紀的長篇小說開創了新的可能。

想要讀遍所有的書，天真地，渴望與試圖去發現到，究竟卡繆是用哪個機制，導引他筆下的人物去接受他們殘酷命運。」

不是《異鄉人》，不是《瘟疫》，而是中短篇幅的《墮落》，讓少年波拉尼奧更為墮落。讓他從一個偷書賊，變成想讀完所有書籍的貪婪讀者。最貪婪的讀者，就是再也不滿足於享受閱讀，而最後自己也變成了作者，偷走了故事。

波拉尼奧的文學養分，一方面是閱讀，另一方面亦是遊歷。他如他筆下的文學青年，想著偉大的文學理念，念著大詩人、大作家的作品，窮困且居無定所。在漫長的自我流放，無盡的墮落之後，以作品展現文學之愛。

2.

在談論卡繆時，最常聽到的關鍵字是荒謬。這關鍵字將他牢牢地與存在主義綁在一起。這標籤將他固定在文學史與思想史，讓一個阿爾及利亞孤兒在世界當中被看見，卻也被誤解。他被誤解為存在主義者，或許是他最為荒謬之事。因為我們知道，對卡繆來說，荒謬就是人與世界的離異。若說存在主義曾經把他拉進了一群人，那麼存在主義，或者說當時的沙特一夥人，很快地以更大的離心力將卡繆甩脫。是存在主義的一夥人，把卡繆疏離於這個世界。亦是存在主義的浪潮，讓卡繆貼上不是他想要的標籤，讓他被誤解。

卡繆《瘟疫》出版後，使得他聲望如日中天。不到幾年，《反抗者》的出現，引發沙特一夥的集體抨擊。再度諷刺，在《反抗者》喊出「我反抗，故我們在」的卡繆，陷入了最為孤獨的時刻。

一九四七年六月十七日，剛出版完《瘟疫》的卡繆，帶著一家人重返帕勒利耶（Panelier）。二戰期間流放他的所在，陰鬱依然。在作品空檔間暫離巴黎的卡繆，在手記上寫著接下來的計畫：

系列一，荒謬：《異鄉人》，《薛西佛斯的神話》，《卡里古拉》與《誤會》。
系列二，反抗：《瘟疫》（及其附屬物），《反抗者》，《卡利亞列夫》。
系列三：審判、第一人。
系列四，心碎的愛：《材堆》、《愛情》、《迷人》。
系列五，修正的創世紀，世界體系：大小說，大哲思，適合演出的劇本。

仔細回顧，從此刻算起，到卡繆離開這世界之前，能這麼思慮清明規畫寫作的，也只有這個時期了。

日後，肺結核毛病始終纏繞著他。變成家喻戶曉的明星作家後，對卡繆的寫作不是好事。過多的採訪、邀稿或飯局使他無法喘息，連帶地使他身體狀況變差，更無法寫作。而堅持推拒的一些邀約，也引起令他不快的「卡繆成名後就傲慢」耳語。

當然，還是《反抗者》的風波，使得卡繆身心狀況一口氣跌到了谷底。

「所有人都為了他們自己的理由反對我，摧毀我，從不，從來不伸出援手，拯救我……」手記裡卡繆這麼說。

在這樣的困境之中，「再也沒有時間能靜下來寫書，原來毫無牽掛狀態下一兩年能完成的作品，現在得花四年時間」的卡繆、面對《反抗者》出書後無法承受的眾多攻訐的卡繆，在這個時候，構思了《放逐與王國》（一九五七）這本短篇小說集。其中，原先也是該書短篇之一的《墮落》（一九五六），在書寫過程中爆發（這在卡繆身上很罕見），成了獨立出版的中篇小說。

現在來看，這些人生低谷期間的作品，尤其《墮落》，反倒是卡繆寫作技巧安排上的頂峰，同時也是他最神祕晦澀的作品了。沙特晚年曾回應記者道，卡繆所有的作品最欣賞的即是《墮落》，因為這小說裡，「卡繆完全地置身其內，且完全躲藏起來」。至少這作品，讓一度嘲諷卡繆思想與作品簡單的沙特，也承認其高超。

十年後，一九五六年一月二十七日，卡繆又談了一次書寫計畫：

在第三個階段之前，是關於「我們時代的英雄」之一系列小說。審判與放逐乃是主題。第三階段，是「愛」：《第一人》，《唐．浮士德》，《復仇女神的神話》。

方法是真誠。

這回，五個主題化為三個。第五個主題「世界體系」所想寫的大小說、大哲思取消。將原來主題三的「愛」，作為卡繆創作的終極目標。那麼主題三「審判」呢？則加入了「放逐」，成為第三階段的「前一階段」。也就是說，從第二階段「反抗」到最後階段「愛」之間，必須經過「審判與放逐」。

審判與放逐的主題，即是《墮落》及《放逐與王國》的核心。如果因為卡繆沒能完成愛的主題是種遺憾（畢竟《第一人》才寫不到一半），至少，卡繆已經完成了這「愛以前」的階段。也可以這麼說：卡繆準備好寫愛了。

3.

為何談放逐呢？或許，就是在反抗主題遭逢的挫敗，且深陷在孤獨中，卡繆以自身的生命軌跡，思索了放逐的意義。荒謬引起反抗，是如此直接。反抗要到達愛，他依舊深信，但他發覺這沒那麼容易。他必須正視這個過程，甚至，這過程比起前後兩個階段更為關鍵。

卡繆在序當中說：「王國，與我們意欲尋找的自由坦率的生命同時尋獲，得以重生。放逐以其特有方式，為我們指引道路，唯一的條件是我們知道在這過程當中，得同時拒絕奴役與支配。」

習慣以反面叩問的卡繆，在這裡為自己設計一段艱難的旅程，如他寫過的專欄「不當被害者，也不當加害者」，以雙面的拒絕，指示孤獨的狹窄道路。

在他眼中，這放逐的孤寂乃是通往王國唯一的可能。

《放逐與王國》裡收錄六篇短篇，卡繆以六種不同的手法，描寫六種被放逐的狀態。其中的〈尤納斯〉（Jonas）不但是卡繆低谷期間最具自傳性質的描寫，小說的結局也再度點出卡繆的信念。雖然，是以困惑的方式：畫家尤納斯三十五歲就取得成功，卻因為成名隨之而來的交際失去了創作的清幽，工作因此緩慢。同時，創作的瓶頸招致批評與嘲諷。他越來越孤僻，人際與名譽都受損，但仍然無法創作，飽受折磨的尤納斯在隱居的小房間裡病垮了。場景的最後，醫生對尤納斯的妻子宣布：「他會康復的。」同時，另一個房間的描述插入：尤納斯的朋友，看到工作室的幾乎全白的畫布中間，有極小的字，分不清楚是「孤寂的（solitaire）」還是「團結的（solidaire）」。

孤寂與團結，這莫不是卡繆折磨與堅持之中，找到的道路？

「他會康復的。」小說的最後一句話，藉由另一個角色說出口，彷彿也是對著卡繆說的。

4.

接著，關於審判。

《墮落》比《放逐與王國》早一年出版。在這令人感到痛楚的小說裡，卡繆以迂迴的方式，展現了如何透過自我審判到自我放逐的方法。

《墮落》小說從頭到尾只以獨白寫成，像是主人翁克萊門斯身上帶著一個只錄得到他自己聲音的錄音機，我們由他的獨語判斷他的人生，他的活動，他的對話者的反應，以及小說的場景。

克萊門斯成天在阿姆斯特丹一間名叫「墨西哥城」的酒吧裡鬼混，找人攀談，他自命為「懺悔的法官」，到處向人傾訴他自己。

他是懺悔的罪人，也是將之定罪、譴責與放逐的法官。他原來是一位知名的巴黎律師，受人歡迎，日行小善並且謙虛。

某天晚上，克萊門斯經過藝術橋，突然聽到一個笑聲。受到驚嚇，他轉頭，沒有任何人。那是個很平凡、很自然的笑聲，但直到聲音消失，他怎麼都看不到人。這笑聲勾起他一段遺失的回憶：兩三年前，一樣在夜晚過橋，克萊門斯與一位陌生女子錯身而過。走沒幾步，他聽到落水聲，與女人的叫喊。他停下腳步，卻不敢回頭確定發生什麼事。

然後沉默。不敢動，只是想著水溫的寒冷，腦裡盡是「太遠了……太遲了……」的話語。回家後，好幾天不敢看報紙。因為無端的笑聲，他想起了這件事，再也堅持不了原來的生活。放棄一切，再也不願在黯夜過河的克萊門斯，選擇了滿是運河的城市，阿姆斯特丹，作為自己的放逐場所。在酒吧裡，四處尋人懺悔。

無疑的這是一篇關於聲音的小說，直指內心。讀者被帶入他的精心設計的懺悔機制中，確實像在懺悔室，被迫聽著不知面孔的人說著自己的罪過。而對克萊門斯來說，無論是那落水女人也好，憑空出現的笑聲也好，都只是聲音。

聲音，就這麼一路將他放逐到阿姆斯特丹酒吧裡，傳到被他隨機選中的酒客，亦即隨機成為讀者的我們。

笑聲喚起叫喊，而叫喊喚起的，是孤寂。

卡繆用小說設計一個見死不救的主角，用笑聲擊垮他，並讓他自我放逐。墜落到底，最底處，或許就是卡繆自己。又或許，那叫喊，甚至笑聲，也是卡繆。

穿過了杜思妥也夫斯基的《罪與罰》，與卡夫卡的《審判》，卡繆在《墮落》塑造的「現代英雄」，是搶在所有的人之前主動認罪懺悔的。他為見死不救而自覺有罪，偏偏最為罪惡的，是當下他逃避了，不去確定是否有人落水。

卡繆自評：「他的思維是現代的，換言之，無法忍受自己交由他人評判。他急著自我批評，其實是為了更能審判別人。（……）在這精巧的鏡像遊戲裡，有一點是確定的：痛苦，及其一切。」

審判與放逐，是愛之前的漫長歷練。

《墮落》卡繆設計了一個機制，讓真實的人生與自己的作品纏繞，無盡地墜落下去。

最終，放逐與審判是同一回事。因為需要經歷無盡的審判，所以必須放逐。無盡的自我放逐，是自我審判的唯一方法，只有在最孤獨處，才能擺脫荒謬，找到連結的方式。

我們發現，其實放逐與審判的結合，其實也是他最早所提的薛西佛斯。推石頭無數次的審判，也是一種放逐。

所以卡繆這麼說：「放逐意味著一種結合，一種現在與未來唯一有價值的結合，一種我們有義務堅持的結合。」

終究卡繆相信，孤寂與團結之間是有關係的。這是他尋求愛的最終，也是最初的方法。

已成廢墟的現代，抒情的可能

1.

晃蕩者（flâneur）從波特萊爾的〈現代生活的畫家〉出現，由後世思想家，尤其班雅明的談論中發揚光大，所運用的不僅是文學或思想，甚至已經浸染到更通俗的語境中了。不管採取怎樣的譯名（譬如晃遊、漫遊、浪蕩），比起直譯「無所事事者」，似乎浪漫些。

探讀《發達主義時代的抒情詩人》，眼光所觸，思想所至，足跡所及，似乎不僅僅是談論。而是以作品實踐他所談論之事，所謂晃遊了。

換言之，思考與寫作波特萊爾，就是班雅明的無用之事，是班雅明的晃蕩之路，是他的迷路。閱讀之間，很難不再度聯想起標記起他的土星氣息：「我在土星座下出生。這是一個公轉速度最為緩慢、遲滯、偏離正常軌道的一個行星。」

而這本書，即使灌注如此心力，也依舊印證命運，無法為他謀取任何的名利，甚至稍微安心的位置也不行。這強化了我們後世在他身上所看到的，所謂不合時宜者。

也許就是這分不合時宜感與自感，得以在超越時空辨認出族類，完整接承下來彼此的那分寂寞（是以，先行者是能感受到未來者的那分寂寞的）。在眼光的短暫交會中。波特萊爾肯定的畫家，是將眼光投向「現代生活」的畫家。所謂的「現代生活（La vie moderne）」乍看不難理解，實際上，「現代」這關乎的不是哪個年代。如傅柯在《何謂啟蒙》所說的，「現代」不是時代，是某種生活價值模式。

另一方面，無論波特萊爾與班雅明，確實是「當代的」。正如羅蘭巴特所說，「同時代就是不合時宜。」真正屬於時代者，是不與時代步調一致之人。如此，才真正地掌握時代，保持著關係又疏離。

在阿甘本眼中，正是不合時宜之人，有辦法在當下凝視黑暗，又能見到黑暗中朝我們奔來同時又遠去的光。他們有莫名的勇氣，在感知當下那必然的不可能之時粉身碎骨。所謂同時代者或是不合時宜之人，其實極為稀少。於是，無所事事之人，在資本主義人人有位置、有功用的社會中的失敗標誌，成為時代特殊的選民。

2.

《發達主義時代的抒情詩人》便是以區辨某種族類開始的。這種族類的身影，必須在現代的背景中才能顯現，而對於班雅明來說，最好的舞台是巴黎，那個教會他迷路的藝術的城市。此族隱身於小酒館角落、以街頭為佳，追求不穩定與偶然性，他們「或多或少處在一種反抗社會的低賤地位，或多或少過著一種朝不保夕的生活。」

我們窺見的，只能以窺視的方式看見的，關於晃遊者的「工作」。無所事事不是真的毫無作為，那是一種占據全體身心的活動，將感官放到最大，在極限時刻出手。

換言之，在發達主義時代作為抒情詩人，意味著不可能再擁有抒情的條件，思考抒情詩，即成哲學問題。問題在於，在說故事技藝已消失的時代，我們如何認識？於是，過往乞靈於情感，現代則是感官。

成為晃蕩者，是種方法實踐。如果抒情已經不可能，詩人必須獻祭，才可能抓住稍縱即逝的詩意。「把時間用來在眾人面前顯示其閒暇懶散，這是他工作的一部分。」

巴黎經過奧斯曼的改造後，巴黎為現代詩人提供田野：似內又似外的拱廊街，使夜如白晝的煤氣燈，以及將巴黎切開整形後，適合遊蕩的街道。這樣的城市產生了「人群」，成為詩人最好的詩意寄宿之處。隨著十九世紀的文明發展，私領域已被掏翻，詩人尋找祕密，要再往更深的孤獨走去。所以班雅明這麼斷定：「波特萊爾喜歡的是人群中的孤獨」。在人群中孤獨行走，「似乎只有遊手好閒者才想用借來的、虛構的、陌生人的孤獨來填滿那種『每個人在自己的私利中無動於衷的孤獨』給他造成的空虛」。

如果資本主義剝奪了情感，包括自己的勞動本身，資產階級移情商品，那麼波特萊爾便徹底實踐了無產者的抵抗：居無定所（至少換過十四個以上的住址）、任意賤賣文字，當然最重要的，於街頭無所事事。班雅明清楚看到波特萊爾的拾荒性格，將所有被大城市輾過之物細心收藏。就是在那位置上，詩人的獻祭與乞求靈感，發生於所有的不期而遇，對素不相識的行人「完全付出」詩意與慈悲，一如此書裡引用的〈不相識的婦女〉：「永遠不可能／因為今後的我們彼此都行蹤不明／儘管妳已經知道我曾對妳動情。」

3.

晃遊在「現代性之都」巴黎，心不在焉於人群裡，如何求得詩意，既然抒情詩已經不可能？班雅明，作為晃蕩者精神的繼任者，學會在巴黎迷路的土星人，在端詳詩人時眼光也瞄到普魯斯特（別忘了他除了研究普魯斯特，還是《追憶似水年華》德文版其中幾冊的譯者）。

面對現代性的鐘錶時間，切割的經驗，想要召喚「完整的記憶」需要「瑪德蓮的奇蹟」。波特萊爾的方法論共通處在於這樣的「震驚」：在偶遇之中，藝術的中心閃現，波特萊爾在此掙脫經驗的束縛，然後「發現一個空曠的地帶，並用自己的詩填補了它」。對於班雅明而言，《惡之華》當中的「共感」，即波特萊爾以此方法中提取的特殊經驗，真正經驗著未被經驗之物，將「回憶的日子匯集進一個精神的年代」中。彷彿真正的眼睛在這樣的經驗時刻打開，真正地看，用拗口的話來說：看見被看見的看見。

在此，抒情詩人誕生。波特萊爾的憂鬱吸引著班雅明的憂鬱，偉哉巴黎：「波特萊爾的天才是寓言性的，憂鬱是他的養分，由於他，巴黎第一次成為抒情詩的題材。」

龐畢度博物館旁的餵鴿者。

他有著巴黎街頭常見的流浪漢氣質。黃昏時間，扛著一袋麻袋，在廣場的角落，彷彿揮霍般地朝天空灑下飼料。奇蹟時刻，世界的目光聚焦在這卑微的身影上。所有人看著他，卻沒人敢靠近他。野禽朝著他聚集搶食，將他的身影覆蓋，像是《香水》中的葛奴乙將香水灑在自己身上。

這給我一種犧牲獻祭之感。

現代的巴黎誘使了詩人，詩人則成了密謀者，在人群中隱藏自己，試圖在卸除自己所有武裝（幾乎以作賤自己的方式）時，鍛鍊著對文明狠狠精確揮擊的力量（如劍術師的比喻）。只不過，詩人的宿命是悲劇，在那個時期狠狠地提醒我們：現代主義下，對個人的阻力總是如此之大。城市的美好風景，拱廊街的迷人特質，終於還是在資本主義的更為發達中，收攏進了百貨公司。

波特萊爾的孤獨眼光投向了未來，看到了班雅明閱讀他的目光。他們意會到的是同一件事：「資產階級的紀念碑在坍塌之前已是一片廢墟了」。

而班雅明，終究在文明的覆滅中一同被葬送，只是他投向未來的目光，被我們看到了嗎？

寫作的末日

1.

寫作當中，沒有任何事物可以確定。寫作即是對寫作的自身懷疑。寫作永遠在換取另外一個寫作，無法停下思索。是以，只有在寫作中可以思考寫作，思考著唯一的事：思考寫作的不可思考。

儂曦[24]在〈外書寫〉裡寫道：「寫作，透過寫作，以犧牲自身，來贖回寫作。」寫作的伊始，肇始於自身的解消，以換取寫作本身。所有的寫作，已預見自身的消亡，與企盼寫作的重新誕生。通過寫作，寫作犧牲；通過寫作，寫作贖回。在這綱領裡，所有書的消亡、文學的終結、書寫的末日的假設，不過是前提而非終極想像，因為真正的寫作只存在於無法書寫卻只能靠書寫去推進的那個起點上。或更簡單說，書寫的真正末日想像，是起點而不是終點，不是終於結束，而是終於可以開始。終於可以開始的那個點上。

24 儂曦（Jean-Luc Nancy，1940-），法國哲學家。思想受法國哲學家巴塔耶影響至深，尤其展現在《去作品的共同體》（*La communauté désoeuvrée*）一作之中。

「書寫透過書寫犧牲以贖回書寫」，在這樣的命題中，在靜止與運動之間，寫作阻止寫作、寫作利用寫作、寫作摧毀寫作、寫作召喚寫作，寫作懸置。寫作的末日圖景，其實是懸置的影像。懸置宛如靜止的影像，是一切影像的生成之前，微小卻無盡快速顫動。寫作的末日，在於末日不會真正到來，也在於末日仍在到來，鄰近地，臨近地。這是絕望，亦是至福。

2.

巴塔耶，或巴塔耶式的文學探尋，宛如最為孤寂的身影。如布朗修所言：「我想到一個最孤獨的作品，而喬治．巴塔耶彷彿是出自於友誼出於遊戲，把自己的名字借給了它。」

然而，卻是在巴塔耶那裡，這位孤獨的極致者，成了儂曦思考「共同體」的最好同伴。只不過，巴塔耶的遊戲永遠是如此。他彷彿是文學裡面，最會設計寫作迴路，讓寫作徹底無效、當機、癱軟之人。他以寫作否定寫作，在寫作的全然瓦解處，寫作的至高價值被肯定。因此，通過文學尋找共同體的可能，以巴塔耶的路徑，是要證明共同體的不可能。當我們將所有寫作推向邊界，使其失效之時，共同體焉然而生。

理解巴塔耶，不是去點亮這團黑暗，也不是去避開，或是去探勘黑暗隱沒的事物。

巴塔耶與其說是謎題，不如說是試煉。我們需要的，僅僅是看見黑暗本身，以盲眼，去看黑暗。巴塔耶渴望直視太陽般直視死亡，不是屍體或任何瀕死，而是死亡本身，然後換取一雙眼，盲眼。

「上帝啊明白我的努力，賜給我，你目盲之眼所見的黑夜」或「我明白了，朝向終結的寫作著，是對死亡的鄉愁，是為了讓自己自外於律法，像垂死之人自由，在不斷到來的時間中，得以不再看見任何事物。」巴塔耶在寫作中的叫喊，喚起的不是聽見之人，而是尚待回應的沉默，與等待那個聽見尚未出現的聲音之人。

3.

儂曦「外書寫」的提出，顯然對應起巴塔耶的「內在經驗」。

然而「內在經驗」不是停留在個人的內在性、私密性的提煉。白話來說，「內在經驗」並不是經驗。不是任何既有的經驗，也不是任何可能卻尚未擁有的經驗。最簡單的原因是，若以書寫召喚、賦之以形的，是難以名狀的的情感、或是尚是被壓抑的慾望、反覆齧咬的記憶，這些仍是「已知」，即便只有自身知曉，即便連自身都無力述說。這些「已知」，無法「走出地平線之外」，於是巴塔耶在《內在經驗》裡這麼說：「我想讓『非知（non-savoir）』成為我寫作的原則。」「非知」，不是「陌生」、「尚未認識」、「未知」。而僅僅是，在所有的知識之外，知識的界線之外。

換言之，由於「陌生」、「未知」仍是處在認識的可能性裡，即使多麼不可能，然而巴塔耶使用的「非知」一開始就在「不可能」那。它具有「絕對」的性質，只要我們可以想像，儘管只是虛構或空談，那仍是可能，那麼這些將無法達到真正「非知」。

那無非是思考終止處，並且，是突然中止，像是看見一位滔滔不絕者的話語戛然而止，彷彿轟然巨響般的沉默。如果以思想史來比喻，那即是傅柯讀到波赫士所虛構的中國百科全書[25]時，無可抑止的瘋狂大笑。「不可能如此思考」比任何的奇想更具威力。在思考終止瞬間所見的深淵，奧菲斯回首望見妻子墮回黑暗的瞬間，見到一切的翻轉，且再翻轉。

巴塔耶《眼睛的故事》裡面，使用了三個圓球的意象：眼睛、太陽與睪丸。眼睛作用於視覺終止，太陽作用於無盡黑暗，睪丸作用於誕生死亡。看見失明者所見的黑夜，一如享有最大激情活在死者的死亡快感中。

巴塔耶的寫作命題既是最簡單又是最困難的。因為一切對於未知與莫名事物的寫作探險，對他而言永遠在界線內。畢竟，在那範圍，不管走到多遠，我們自身的主體仍然是安全的。極致的經驗，在於我們無法經驗的經驗，足以摧毀經驗主體的經驗。

4.

書寫性愛、書寫暴力、書寫瘋狂、書寫死亡，這一切的企圖與嘗試，乍看是巴塔耶的標誌。然而文學史走到今天，禁忌書寫不但不是專利，是可以複製、模仿的，甚至可以被消費的。這些不足以理解巴塔耶的越界的強度。

所謂「越界（transgression）」並不是單純地獵奇式地觸碰禁忌之物，做禁止之事，成為逆天之人。

因為，即便巴塔耶的小說有各式各樣的犯禁：性上癮、雜交、獸交（《眼睛

---

25 出自波赫士的一篇「essay」〈約翰．威爾金斯的分析語言〉（El idioma analítico de John Wilkins）。雖是「essay」的形式，他卻在這分析當中塞入一個虛構的中國百科全書。波赫士虛構裡，這本百科全書名為《天朝仁學廣覽》，當中將「動物分為（a）屬於皇帝的；（b）塗香料的；（c）馴養的；（d）哺乳的；（e）半人半魚的；（f）遠古的；（g）放養的狗；（h）歸入此類的；（i）騷動如瘋子的；（j）不可勝數的；（k）用駝毛細筆描繪的；（l）等等；（m）破罐而出的；（n）遠看如蒼蠅的。」

的故事》將牛睪丸塞入陰戶）、戀屍癖（〈死人〉、《眼睛的故事》）、亂倫（《母親》）、性虐（《母親》）。可是，這一切並不是一種誇張的經驗炫耀，譁眾取寵的行為。閱讀中感到的震撼，其實在巴塔耶敘事的斷裂、粗野與突然，不做任何鋪陳，直接以破壞書寫的連續性、和諧性為代價，撞向書寫的極限。所謂極限，即無能承受，無法再寫。巴塔耶的書寫，像是快速自行瓦解毀滅的打字機，連同手稿一併摧毀。

所以，巴塔耶的書寫姿態，必然是一種癱軟、痙攣，徹底地進入狂喜（l'extase）的狀態。

巴塔耶寫性、寫死，並不將之視為書寫對象。所謂的禁忌書寫，並不僅僅碰觸被禁止之物，使之成為取悅人、滿足好奇感的主題。真正的禁忌書寫在巴塔耶那，與其取悅，不如說是凌虐（作者與讀者）；與其說是滿足，不如說是將人推入最巨大折磨萬分的不滿足（同樣，對作者與讀者雙方）。

禁忌書寫不消費禁忌之物，因為消費有所換取，有所價值判斷。巴塔耶的書寫指向「耗費」：無可逆轉，無可換取，無可保留。書寫就是徒勞，而且有害。

5.

耗費的書寫摧毀一切價值，像個賭徒的瘋狂下注，然而這即是價值，究極的價值。耗費意志貫徹到底，就是所謂的犧牲獻祭，尤其自我犧牲。犧牲獻祭，用一切最奢華的儀式去淨化血汙，集體製造華麗的死。然後，在儀式完成之時，徹底毀壞之際，我們接觸了神聖的時刻。

是以，寫作，以寫作犧牲自身，換取未來的寫作，並不是乏味的同義反覆。若，寫作觸碰不到禁忌，那便不足以稱之為犧牲。犧牲的寫作不去換取，犧牲的寫作是去換取不可換取之物。禁忌書寫並不會弱化死亡，不會世俗化神聖，亦不會讓不可能性進入可能性當中。因為寫作的犧牲，讓我們的意識得以在界限上（à la limite）。

界限，並不能理解為「一條線」。界限只能是一種經驗，這經驗偏偏是不可能的。內在經驗只在界限上產生，所以巴塔耶如此著迷於神聖（「我書寫神聖而什麼都不想知道，什麼都不知道。」），內在經驗是試圖碰觸神聖時的狂喜（l'extase）狀態（「我追尋的首先是同一物之兩面：神聖，以及狂喜。」）。內在經驗不但無法奠立任何可相信之事，而「讓一切成為疑問，在焦慮與發燒中，人對於所知的一切存有都成為問題。」所以，內在經驗並非一切教條、科學、目的，「我對內在經驗展開，我只信奉價值與『至高無上』」。這不可能的內在經驗即權威。內在經驗的權威，只建基在使一切成為問題（mise en question）上，而人的存在價值也就成為對自身的存疑本身。

如果寫作不進行犧牲，那麼寫作就是同一個寫作。犧牲，就必須越界，越界，必然又得在界限上執行。

越界，不是跨過去，去占領未知的土地、浪漫地探險。越界，即跨在不可能的界線上，排除一切尚有跨足出去的可能，因此我們得重複述說，界限經驗的不可能。界限經驗就是巴塔耶的內在經驗。那是瞬間一刻的地獄，無盡深淵，絕對的斷裂。斷裂所斬的，卻是我們生存的受限，因此，界限經驗弔詭地，藉由斬斷我們的存在的受限，共同體在此綻出。

傅柯說出了巴塔耶的越界手勢。手勢下去，是意識界限，是律法的界線（禁忌）；言語的界線，「畫出了在沉默沙灘的海線」。還有更重要的，沿著界限時我們自身成為界限。越界就是關於界線。是踰越，不停重啟踰越。否定到一切的肯定，直到越界當中一切無法否定。越界的手勢，即觸到空缺本身。

6.

越界，內在經驗，或說我們所說的外書寫，似乎真正的答案，就在「在界限上（à la limite）」。在界限上，思索如何可能，與如何不可能，變成了同一件事；在界限上，有限，與無限，也成了同義反覆。作品，因為寫作必須與內在經驗對話，它的定義斬釘截鐵地自我定義為不可能，終於，作品的完成唯一的結果，在於去作品。

越界書寫不是書寫經驗，而是書寫本身成為操作空間（因為體驗不存在不可能），敞開了狂喜的極限體驗。所以永遠不是寫過去，而是未來。因為經驗在書寫當中找到不可能到來的未來。書寫者在寫，等著那不是自己的人。

或許沒有人可以說得比布朗修在《無盡的對話》裡更好了。內在經驗或界限經驗，「是一個人決心把自己根本地置於問題當中的時候所遇到的回答」。只有不可能性，允諾每個情形裡，都否定了自身。所以，「極限體驗是等待這個終極之人的體驗，終極之人最終可以不在他所實現的充分性上止步。極限體驗是無慾之人的慾望，是完全滿足之人的不滿，是無論如何完成擁有時的純粹缺失。極限體驗乃是全體排除一切外部的時候，那外在於全體者的體驗，它是一切實現時，有待實現者的體驗，是一切已然被認知的時候，仍然等待認知者的體驗。它是不可通過者，是未知本身。」

越界，只有在不可能再越過去時，才「在界限上」。「界限經驗」，就成為越界書寫的終點，然而我們很清楚，那才是起點。越界書寫就是不斷重新啟動，重新啟動，就是讓一切存疑，至高無上的。耗費，直到犧牲，那最大的罪行，挑戰了死亡、神聖、與不可能，在界限上，我們不可能再擁有任何經驗。這不可能擁有的經驗，亦是經驗的過度（l'excès），經驗的過度，這超過的、不可能經驗的經驗本身，即內在經驗。內在經驗不擁有任何內容，無法記憶，唯一能配得上的經驗的記憶，只有遺忘。

越界書寫，等待遺忘。

寫作，在末日之後，終將贖回。

到了奧維小鎮，找到了那片麥田。
我心想：「有個藝術家在此，用手槍射向自己的心窩。」
風一吹，所有的麥穗跟著搖晃，彷彿世界也一起搖盪。一望無際的麥田，令人感覺沒有邊界，因此更覺得自己終將墜落。原來我們對於世界的安全感，在於有邊有界，界線越多，越感安全。而越界者必須付出代價。
梵谷在此度過的七十天，畫了近八十幅畫。他或許走到了邊界之外，在那沒人守護的麥田，墜落下去。

文學叢書 647

在最好的情況下

作　　者　朱嘉漢
攝　　影　朱嘉漢
總 編 輯　初安民
責任編輯　陳健瑜
美術編輯　陳淑美
校　　對　潘貞仁　陳健瑜　朱嘉漢

發 行 人　張書銘
出　　版　INK 印刻文學生活雜誌出版股份有限公司
新北市中和區建一路249號8樓
電話：02-22281626
傳真：02-22281598
e-mail:ink.book@msa.hinet.net
網　　址　舒讀網 http://www.inksudu.com.tw

法律顧問　巨鼎博達法律事務所
施竣中律師
總 代 理　成陽出版股份有限公司
電話：03-3589000（代表號）
傳真：03-3556521
郵政劃撥　19785090 印刻文學生活雜誌出版股份有限公司
印　　刷　海王印刷事業股份有限公司

港澳總經銷　泛華發行代理有限公司
地　　址　香港新界將軍澳工業邨駿昌街7號2樓
電　　話　852-2798-2220
傳　　真　852-2796-5471
網　　址　www.gccd.com.hk

出版日期　2021年 1 月 初版
ISBN　978-986-387-386-0

定價　300元

國家圖書館出版品預行編目(CIP)資料

在最好的情況下／朱嘉漢著.
--初版. --新北市中和區：INK印刻文學，2021. 01
面； 14.8 × 21公分. --（文學叢書；647）
ISBN 978-986-387-386-0 (平裝)

863.55　　109021674